La fourchette à "gâteux"

AF131557

Du même auteur :
Le chat Slave
07/2020 Editeur BoD-Books on Demand

GILBERT-HENRI MAUNOIR

La fourchette à "gâteux"

© 2021 Gilbert-Henri MAUNOIR
Courriel : giltrouve@aol.com

Éditeur : BoD-Books on Demand
12-14 rond-point des Champs-Élysées, 75008 Paris
Impression : Books on Demand, Norderstedt, Allemagne

Illustration : Fourchette à gâteaux en métal argenté.
Jardin d'Eden de chez Christofle.
https://www.christofle.com/eu_fr/couverts/catego-
ries/fourchettes/fourchette-a-gateau-jardin-d-eden-metal-ar-
gente-00054046000101.html

ISBN : 978-2-322-26108-6

Dépôt légal : Mars 2021

PRÉAMBULE

Petits conseils aux lecteurs.

En m'accompagnant dans cette nouvelle enquête, apprêtez-vous à vivre une aventure galvanisante, à être ébahi par du suspense insoutenable, à ressentir l'exaltation d'un joueur de poker, à être époustouflé par des moments d'action et des cascades intrépides, à découvrir un moment attendrissant dans un safari africain, à voir un spectacle érotico-sado-maso (eh oui il en faut pour tous les goûts !), à être témoin de revirements de situations inimaginables, à rencontrer une femelle yéti, à assister à une épreuve sportive de classe internationale, à suivre une course poursuite grisante, à écouter un concert de batterie de cuisine, à ressentir la peur du héros et même à rencontrer la belle au bois dormant.

Éloignez les enfants, les femmes enceintes, les vieillards, les insuffisants cardiaques et toutes personnes présentant des faiblesses émotionnelles. Âmes sensibles, passez votre chemin.
Je vous aurai prévenus, mais si vous vous sentez la force d'aller plus loin, alors installez-vous confortablement et commencez à lire cette captivante aventure !

Contrairement à ce que vous allez penser en lisant cette histoire, ce n'est qu'une pure fiction (étonnant !). Les personnages, les noms et les situations sont sortis par je ne sais quel miracle ou quelle malédiction de mon imagination et toute ressemblance avec des personnes, des lieux ou des situations seraient d'une extraordinaire coïncidence.

Il était une fois … le 1er chapitre.
JEUDI

À chaque fois que je franchissais le portail de "la Châtaigneraie", cette grande propriété de mon oncle et de ma tante, des souvenirs d'enfance me revenaient en tête. Dans cette résidence avunculaire, je me souvenais des agréables moments passés avec les cousins à monter dans les arbres, à se cacher dans les buissons, à aller titiller la carpe dans l'étang en contrebas, à courir dans cette immense propriété, à faire nos bêtises de gamins ou à dévaler les escaliers de la maison, c'était … c'était il y a bien longtemps.

Maintenant quand je venais à "la Châtaigne", le surnom que nous lui avions donné entre gamins, c'était à la demande de mon oncle et ma tante qui avaient pris l'habitude de me téléphoner dès qu'ils avaient des problèmes matériels ou autres petites réparations à faire. Ils ne dérangeaient plus leurs enfants ou petits-enfants depuis longtemps car "ces gens-là" avaient d'autres choses à faire que de s'occuper de leurs parents ou grands-parents, c'est vrai qu'ils avaient "réussi" comme on dit et ils avaient maintenant des professions enviables et très rémunératrices.

Ils ne faisaient pas appel non plus à des professionnels pour faire ces menus travaux, ce n'était pas un problème d'argent puisqu'avant de prendre leur retraite, ils avaient une très grosse entreprise de transport dont les camions sillonnaient l'Europe, c'est simplement qu'ils avaient plus confiance en moi pour ce genre de petites interventions que de faire entrer des inconnus chez eux. De mon côté, je répondais rapidement à leur demande, il faut bien avouer que mes journées n'étaient pas trop occupées, les clients pour mon activité de détective privé étant bien plus rares qu'escompté et surtout, je n'étais pas mécontent, malgré mes refus de politesse, de prendre les quelques euros qu'ils me donnaient à chaque fois. Ce nouveau métier, aussi exaltant qu'il en avait l'air, ne payait pas aussi bien que je l'espérais. *(Apprenti écrivain non plus !)*

En venant du grand portail d'entrée, l'allée principale gravillonnée de ce grand parc plein de bons souvenirs contournait la maison sur la droite pour arriver devant l'imposante demeure. Je garai ma voiture à côté du perron et fis descendre Léon pour qu'il se dégourdisse les jambes. Lui aussi aimait cette immense étendue où il prenait plaisir à se défouler. Après avoir reniflé l'air de cet endroit verdoyant, il se mit à courir comme un dératé, s'arrêta net, pour repartir à fond dans l'autre sens puis il courut à travers la large surface gazonnée qui entourait la maison jusqu'aux premiers arbres pour revenir ventre à terre. Sans attache, au milieu de ce parc pour lui tout seul, il devenait un peu foufou tant il se sentait en liberté. *(Pour en savoir plus sur mon chien Léon, n'hésitez pas à lire notre première aventure "le chat slave".)*

— Allez, viens Léon, il se fait tard. Il ne se fit pas prier pour venir car il appréciait aussi l'accueil de cette maison.

Je grimpai les quelques marches du perron et sonnai à la porte. Tonton m'avait donné depuis longtemps les clés, les codes de l'alarme et la télécommande de leur maison mais par respect, quand je venais, je sonnais toujours.

Après un certain temps à poireauter, la porte s'ouvrit sur mon oncle. C'était étonnant qu'il m'ouvre, alors qu'il avait du personnel qui travaillait pour lui depuis des années : une jeune employée de maison prénommée Laetitia et une cuisinière, plus toute jeune celle-là, Marthe, qui œuvrait aux fourneaux depuis la nuit des temps.

— Bonjour, Tonton, c'est toi qui ouvres la porte maintenant ?

Après un temps de réflexion où il rassembla ses souvenirs pour les coller au temps présent, il me fit un grand sourire signifiant l'emboîtage correct des données. Avec l'âge, il perdait de plus en plus la boule, mon pauvre Tonton. C'était un petit bonhomme tout maigre avec la tête du commandant Cousteau *(sans le bonnet rouge !)*. Il avait eu un caractère bien trempé qui nous avait coûté cher en calottes et en réprimandes quand nous étions enfants mais son caractère s'était émoussé au fil des années, il était devenu maintenant un sympathique grand-père.

— Bonjour Gil, Laetitia vient de sortir faire les courses que je lui ai demandées, c'est pour cela que je suis obligé de faire le portier.

— Bonjour Tonton et je lui fis une grosse bise.

— C'est bien d'arriver aussi vite. Comme je te le disais au téléphone, nous n'arrivons plus à ouvrir la porte de la "pièce des collections" de ta tante. Vu qu'elle a égaré sa clé, elle a pris le double, mais elle n'a pas réussi à l'ouvrir. Moi-même j'ai essayé et c'est vraiment impossible. J'ai eu beau forcer, la clé ne peut pas entrer dans la serrure, il y a quelque chose qui l'en empêche.

Léon gratta la jambe de mon oncle pour se faire remarquer.

— Bonjour Léon, dit-il à l'adresse de l'intéressé avec une petite caresse sur la tête, en signe de bienvenue.

Il était le frère aîné de mon père et avait épousé une femme de la région qui, à l'époque, était un très beau parti. Cette grande propriété qu'elle avait héritée très tôt de ses parents était devenue leur maison et le lieu où toutes les réunions de famille étaient organisées.

Je les aimais bien car ils n'avaient, à l'opposé de leurs enfants devenus adultes, jamais montré un quelconque dédain envers le reste de la famille beaucoup moins aisée qu'eux. Je sais qu'ils avaient un peu pitié de moi, j'étais pour eux le petit canard boiteux de la famille, celui qui n'avait pas "réussi" *(j'espère vous avoir arraché un peu de compassion !)* Et à leur manière, ils cherchaient à compenser ce qui leur semblait une injustice de la vie en me faisant faire leurs petits travaux rémunérés.

Suivant ses habitudes, Léon fila à la porte de la cuisine qui, après quelques grattements énergiques, s'ouvrit et on entendit Marthe l'accueillir.

— Oh ! Bonjour mon Léon, viens, je vais m'occuper de toi.

Cela tombait bien, c'est ce qu'il venait chercher. Leurs amours étaient réciproques, mais pas pour la même raison, Léon l'appréciait pour la nourriture qu'elle ne manquait pas de lui offrir en quantité industrielle et Marthe l'affectionnait parce qu'il était câlin avec elle. Le temps que Léon se goinfre des gamelles qu'elle allait lui préparer et le temps qu'il fasse une petite sieste digestive, j'étais tranquille pour un bon moment.

— Allez Gil, ne trainons pas, suis-moi, il faut que tu nous arranges ça.

Je suivis Tonton et entrai dans cette belle et grande "demeure de maître" qui datait de la fin du dix-neuvième siècle. Dans l'immense hall, il y avait sur la gauche le salon télé. En face, avec sa double porte toujours ouverte se trouvait la salle à manger avec ses larges baies vitrées ouvrant plein sud sur le parc et qui donnait accès au grand salon de réception. Toujours dans le hall, sur la droite, il y avait cet imposant escalier de pierre permettant de monter à l'étage en mezzanine et sous cet escalier, se trouvait la porte donnant sur la cuisine et une autre ouvrant sur un petit escalier menant au sous-sol de la bâtisse.

On gravit les marches en direction de la porte récalcitrante de la "pièce des collections". C'était la première à droite en haut de l'escalier située dans un petit renfoncement, elle prenait toute l'aile droite de cet étage et avait été créée il y a quelques années en abattant toutes les cloisons intérieures où il y avait jadis, un couloir, plusieurs chambres et cabinets de toilette, pour en faire ce qu'elle était devenue.

Elle était bien nommée, puisque depuis des années, ma tante collectionnait dans cette pièce, tout et n'importe quoi. Cela allait des étiquettes des couvercles de boîte de fromage "la tyrosémiophilie" " en passant par des représentations de chouette sous toutes ses formes " la huhulophilie", une étonnante et rare collection de nains de jardin à brouettes "la nanipabullophilie" et pour finir une incroyable collection de pots de chambre de toutes époques et de toutes les formes " la pissadouphilie". *(Avouez que je vous gâte avec tous ces mots nouveaux, mais ils ne sont pas faciles à utiliser au scrabble, j'en conviens !)*

Les plus belles pièces de ses collections étaient en exposition de grandes vitrines, sur de larges étagères ou dans de petits meubles à rayonnages et toutes les autres qu'elle trouvait moins intéressantes étaient conservées dans des cartons dont les piles montaient jusqu'au plafond.

Mais ce qui prenait le plus de place et leur avait coûté un "pognon de dingue" *(toute référence à une personne publique serait un pur hasard)*, c'était sa passion pour les dessins et les peintures " la moreaunélatonie". Depuis des années, elle en achetait plusieurs par mois et avec Tonton, elle faisait les antiquaires, les brocanteurs, les vide-greniers et les salles des ventes pour les trouver, sans compter qu'en plus, elle épluchait chaque jour toutes les annonces dans les journaux, les magazines et les sites sur internet pour en acheter directement chez des particuliers. Elle en avait ainsi acquis des centaines de différentes époques et de différents styles qu'elle achetait sur un coup de cœur, à cause d'une couleur particulière, un paysage qui l'attirait ou un personnage qui lui rappelait quelqu'un qu'elle avait connu et certaines fois elle dénichait une perle rare. Dans cette pièce immense, bien plus grande que mon appartement, des tableaux, il y en avait partout. Ils étaient entassés les uns sur les autres ou mis aux murs les uns contre les autres et seuls les plus beaux, à ses yeux étaient accrochés aux murs. Quand elle se lassait d'un tableau ou quand elle en trouvait un qui avait de la valeur mais qu'elle ne souhaitait pas garder, elle le revendait pour aussitôt en acheter d'autres, c'était quasiment compulsif, c'était sa drogue.

J'étais maintenant à pied d'œuvre. Pour commencer, je vérifiai si la porte était bien fermée à clé en tournant la poignée mais elle y était bien. Tonton me regarda avec une moue dubitative d'un air de dire « Tu nous prends vraiment pour des jambons ! ». Je m'en excusai d'une mimique voulant dire, « c'est vrai que c'était un peu idiot cette idée ». Cette conversation avait l'avantage d'être peu bruyante.

Par le trou de la serrure, je vis qu'une clé était engagée dedans en position fermée, empêchant de la déloger et même avec mon fameux "kit de crochetage" je n'aurai pas pu l'ouvrir. *(Lire notre première enquête "le chat slave" pour comprendre l'allusion !)*

Je questionnai Tonton.

— Il n'y a personne à l'intérieur ?

— Mais non ! Ta tante est dans le bureau, Marthe est

en cuisine, tous nos visiteurs sont partis et Laetitia est partie faire des courses, non il n'y a personne dedans ! me dit-il d'un air excédé, « il faut que tu ouvres cette porte c'est tout. »

Étrange, une porte fermée de l'intérieur et personne dans la pièce !

— Bon, mais sans outil, je ne peux pas l'ouvrir, je vais aller en chercher au sous-sol.

Je descendis directement au garage qui prenait une bonne partie du sous-sol de la maison et dont l'accès à pied se faisait par un petit escalier en colimaçon qui partait du hall derrière la porte située près de celle donnant sur la cuisine.

Ce grand garage était maintenant vide de véhicules, mais il y a des années en arrière, il en avait plusieurs. Celles qui appartenaient aux cousins et que chacun avait reçus en cadeau pour leur dix-huitième anniversaire et la voiture de mon oncle et ma tante qui était une grosse limousine allemande *(celle d'une marque qui est un prénom de femme espagnole et non pas celle dont le nom est le début d'une marque de sonotone).*

L'oncle et la tante ne conduisaient pas et ils avaient eu la même voiture et le même chauffeur pendant des dizaines d'années. C'est ce même chauffeur qui jouait la "nounou" et emmenait la bande de gosses que nous étions à l'époque pour des sorties préparées en avance afin de nous éloigner un maximum des réceptions huppées qu'ils organisaient régulièrement avec le gratin de la région. C'est comme cela que nous descendions avec fierté de la limousine avec chauffeur, devant des monuments, des musées et des parcs dont les entrées et parcours nous étaient réservés à l'avance. Je me souviens en particulier de notre première visite de la tour Eiffel où, après des heures de route, nous étions arrivés au pied de ce mécano géant construit en allumettes métalliques. Nous étions restés bouche bée tellement elle était haute, au-delà de l'imaginable pour nous les petits provinciaux.

Les cousins devenus adultes étaient partis depuis bien longtemps avec leur voiture et la grosse limousine avait été vendue quand le chauffeur avait pris sa retraite. Tonton n'ayant jamais pris plaisir à conduire et encore moins maintenant à son âge avancé, le taxi était devenu leur moyen de transport régulier. Aujourd'hui dans ce local désert, seules restaient en souvenir de cette époque les odeurs de graisse et d'essence qui avaient imprégné tous les murs et toutes les structures et les inévitables taches d'huile qui avaient coloré le sol aux emplacements des voitures.

Étant le seul à utiliser les outils depuis des années, j'allais directement là où ils étaient rangés, sauf que n'étant pas vraiment adepte du rangement, je mis un certain temps à trouver ceux susceptibles d'être utilisés pour forcer la serrure.

Muni de l'attirail dûment sélectionné, je remontai me mesurer à la porte récalcitrante. En arrivant en haut des escaliers, je vis que ma tante avait rejoint Tonton et qu'ils m'attendaient tous les deux avec impatience devant la porte.

— Bonjour Gil.

— Bonjour Tata, et deux bises de plus sur des joues pas plus rasées que celles de Tonton.

— Tu en as mis du temps pour revenir du garage !

— Oui, j'ai eu du mal à me décider sur les outils à prendre.

Tata était aussi grande que Tonton était petit *(ils avaient la même taille pour faire bref)* et aidée par son amour des sucreries et des petits plats préparés par Marthe, elle s'était un peu empâtée ces dernières années. Mais c'était une femme "forte" qui s'était imposée dans le milieu du transport routier à une époque où les femmes étaient peu présentes sur le marché du travail et encore moins à la direction administrative d'une entreprise. Elle avait gardé cette façon autoritaire de parler aux gens qui n'était pas vraiment agréable mais sous cet aspect sévère et rude, c'était une femme avec du cœur et je l'aimais bien.

Si elle était là, à côté de Tonton, c'est qu'elle prenait l'ouverture de la porte au sérieux alors que d'habitude pour les petits travaux, je n'avais à faire qu'à Tonton. Il faut dire que c'était "sa pièce" dont il s'agissait.

— As-tu trouvé les outils que tu voulais ?

— Oui, j'ai rapporté ceux-là.

Elle regarda d'un air dubitatif les deux tournevis et le pied de biche que j'avais sélectionnés.

— Tu vas pouvoir ouvrir cette porte avec ces maigres outils ?

— Oui, je pense, en tout cas je vais essayer. Je criai en lui parlant car elle était devenue très dure d'oreille et cela devenait de plus en plus difficile de tenir une conversation sans brailler puisque par coquetterie, elle refusait tous les appareillages qui lui avaient été proposés par son spécialiste.

Je regardai ce que je pouvais faire pour ouvrir cette solide porte en bois plein. Elle était équipée d'une serrure à l'ancienne bien grosse et bien costaude, de celle qui nécessite de grosses clés rondes avec de gros anneaux. Je me mis à genoux et regardai à nouveau par le trou de la serrure. Avec un des tournevis, j'essayai de faire bouger la clé coincée dedans et de la faire tomber mais il m'était vraiment impossible de la pousser, ni même de la bouger.

— Je vais être obligé de forcer la porte pour l'ouvrir, mais je vous préviens, il va y avoir des dégâts.

— Cela ne fait rien, il faut absolument l'ouvrir, me répondit-elle en parlant aussi fort que moi.

Je décidai de prendre les grands moyens. Je m'emparai du pied-de-biche, le coinçai entre la porte et le montant et forçai plusieurs fois sans beaucoup de succès, j'avais juste abîmé la porte et le chambranle.

Je me retournai vers les eux.

— Je continue ?

— Oui, vas-y, force un peu plus, me répondit ma tante.

— Si ta tante te dit d'y aller, vas-y mon gars, c'est sa pièce, tu sais bien, renchérit Tonton.

Encouragé ainsi, je remis en place le pied de biche et mis toute ma force en poussant. Cela commença à bouger, l'écart entre la porte et le chambranle était devenu plus important. J'étais trempé de sueur, elle me coulait du front et envahissait mon dos et mes dessous de bras *(désolé, mais c'est le vécu qui parle)*. J'enlevai mon blouson et repris mes efforts pour ouvrir cette maudite porte qui résistait à mes assauts. Pour accompagner mes fortes poussées sur le pied de biche, je poussai de grands "han" de bûcheron. La porte s'écartait de plus en plus et on entendait des craquements sinistres du bois à chacun de mes efforts, signe qu'à un moment j'allais bien finir par l'ouvrir ! Dans une ultime poussée sur le pied de biche, elle finit par abandonner la partie et avec un énorme crac s'ouvrit.

Elle était encore intacte, hormis aux endroits où le pied de biche avait forcé. C'était surtout le chambranle qui avait morflé grave, la gâche était arrachée avec une partie du montant, le résultat de cette ouverture violente n'était pas beau à voir !

J'ouvris un peu plus la porte en repoussant les débris et entrai dans la pièce. Cela faisait un bout de temps que je n'y étais pas venu et il y avait encore plus d'objets et de tableaux que dans mes souvenirs, c'était fou ce qu'elle avait accumulé depuis toutes ces années, c'était véritablement la caverne d'Ali Baba.

Tata fit quelques pas à l'intérieur de la pièce et poussa un grand cri.

— Oh ! Non, on m'a volé mon tableau !

— Quel tableau ?

Tous les murs étaient couverts de tableaux ou de dessins et plusieurs centaines étaient entassés dans tous les coins.

— Qu'est-ce que tu dis, dit-elle en mettant une main en entonnoir sur son oreille pour améliorer son audition.

— Quel tableau a été volé ? Je parlais de plus en plus fort, c'était la seule sourdingue qui ne lisait pas sur les lèvres.

— Mais celui qui était là.

Elle me montra un emplacement vide sur le mur du fond.

— Ce n'est vraiment pas de chance d'être cambriolé aujourd'hui. Ce tableau qui m'a été volé, nous l'avons acheté hier et il était signé d'un peintre connu du dix-neuvième siècle.

— C'est récent ton achat et pourtant tu l'avais déjà accroché au mur ?

— Oui, ce n'est pas que je le trouvais beau, c'est parce que j'étais sûr qu'il avait de la valeur.

— Où l'as-tu acheté ?

— Chez un particulier. J'avais pris rendez-vous avec un monsieur en répondant à une annonce parue sur internet, il voulait vendre un lot de vieux tableaux qu'il avait depuis des années et dont il voulait se débarrasser. Hier en arrivant chez lui, j'ai fouillé dans tous ceux qu'il avait mis de côté et j'ai tout de suite remarqué celui-là. Pour ne pas dévoiler l'attrait que j'avais pour lui en particulier, j'ai acheté tout le lot et cet après-midi, j'ai fait venir d'urgence Amédée pour qu'il l'expertise. C'est pourquoi je l'avais déjà accroché au mur et comme il était vendu avec son cadre, cela a été facile de confectionner une attache avec une ficelle de nylon que j'ai toujours dans un des tiroirs de mon petit meuble.

— Amédée ?

— Oui, notre ami Amédée Pant, celui qui vient à chaque fois expertiser mes découvertes, le parrain de notre cadette, tu ne t'en souviens pas ?

Oui, je me souvenais vaguement d'un expert en peinture, je l'avais vu une ou deux fois chez eux.

— Ah oui, Amédée l'expert, faisant mine de me souvenir parfaitement du bonhomme.

— Et bien cet après-midi, après l'avoir examiné attentivement, il m'a dit qu'il y avait de très fortes chances que ce soit un vrai Redon ! Et cela vaut une fortune !

— Un Redon ?

— Un Odilon Redon, et devant mon air étonné « tu n'as jamais entendu ce nom ? C'est pourtant un peintre très connu de la fin du dix-neuvième siècle ! »

— Non, désolé, je ne le connais pas. Cela a vraiment de la valeur une œuvre de ce peintre ?

— Bien sûr, Amédée devait revenir demain soir avec un riche collectionneur de ses connaissances qu'il pensait prêt à payer ce tableau entre deux cent cinquante et trois cents mille euros.

— Tu es sûr de toi, ce n'est pas plutôt trois cent mille anciens francs, lui dis-je, avec un petit sourire.

— Ben voyons Gil ! Tu retardes un peu, nous comptons en euros depuis 2002 et c'est bien de trois cents mille euros dont il est question !

Elle m'avait mouché avec raison parce qu'en ce qui concerne l'argent, même à son âge, elle était bien plus experte que moi.

— Mais c'est énorme ce montant !

— Oui, surtout qu'il ne m'a demandé que mille euros pour tous les tableaux que j'ai pris et pour ce montant il était très content de se débarrasser de toutes ses vieilles croûtes, comme il les appelait, qui encombraient son grenier.

— C'est une sacrée bonne affaire, mais tu es sûre que la toile a été remise au mur après l'expertise.

— Oui, je me le rappelle très bien. Amédée a fait l'expertise dans cette pièce et c'est lui-même qui l'a raccrochée. Et d'ailleurs, j'ai pris des photos avec mon smartphone après qu'il l'ait remise au mur.

— Tu as un smartphone maintenant ? Là, elle m'étonnait.

— Oui, bien obligée de prendre ce genre de téléphone pour remplacer mon vieux mobile à clapet qui ne fonctionnait plus puisque maintenant ils ne font quasiment plus que ce genre de modèle. Sauf que c'est d'un compliqué ces engins, alors Julien m'a aidé à rentrer tous mes contacts et il m'a expliqué comment l'utiliser, mais ce n'est toujours pas facile pour moi.

Julien était un de leurs petits fils. Cela faisait des années qu'il était vaguement un étudiant en droit ou en art, je ne me souviens plus. Il changeait régulièrement de voie et depuis le temps qu'il suivait des études, il devait être maintenant plus âgé que ses plus jeunes profs. Il venait souvent chez ses grands-parents pour profiter du gîte et du couvert bien meilleur et plus douillet que la chambre de bonne que ses parents lui louaient près de son université.

— Julien était chez vous en début de semaine ?

— Oui, en ce moment il vient presque chaque jour, aujourd'hui aussi il était à la maison.

— Il était là aujourd'hui ? Je ne l'ai pas vu en arrivant.

— Non, tu ne pouvais pas, il est parti avec son père qui est venu le chercher en fin d'après-midi.

— Alors tu sais prendre des photos avec ton smartphone ?

— Oui, c'est lui encore, qui, en début de semaine, quand il est venu ici pour m'aider à déplacer mon petit meuble à tiroirs que je voulais changer de place, m'a montré comment faire pour prendre des photos avec et j'en ai fait de tous les tableaux qui sont sur les murs.

— C'est bien, fais voir les photos que tu as prises.

Elle sortit de sa poche son smartphone et après quelques efforts, elle réussit à l'allumer, puis elle tapota sur l'écran, poussa quelques jurons et réessaya plusieurs fois en s'énervant.

— Ça m'agace, je n'arrive pas à retrouver les photos, c'est simple de les prendre mais que c'est difficile de les retrouver et pourtant ça avait l'air si facile quand il me l'a montré !

— Donne-le-moi. Regarde, je vais te montrer comment faire. C'est simple, il suffit d'appuyer sur cette icône nommée "galerie" *(pour les utilisateurs d'Android, n'hésitez pas à prendre des notes, je ne le répéterai pas deux fois).*

Elle appuya trop longtemps et fit apparaître une petite fenêtre de sélection.

— Non, tu dois juste taper une fois du bout du doigt.

Ce coup-ci, elle appuya et relâcha aussitôt.

— Bravo, voilà tes photos !

— C'est celui-là, en me montrant la première photo.

La photo était plein cadre sur une peinture représentant deux jeunes femmes debout l'une à côté de l'autre dans une mise en scène mystique, peinte avec un mélange de couleurs fades. Bof, pas de quoi fouetter un chat, jamais je n'aurais mis un tableau de ce style chez moi, il était beaucoup trop cafardeux à mon goût. Les autres photos avaient été prises d'un peu plus loin et l'on voyait bien son emplacement sur le mur par rapport aux autres toiles. Sur l'une des dernières photos, un homme grand et bien habillé avec des cheveux blancs, que je reconnus comme étant le fameux Amédée, était bien présent à côté du tableau accroché au mur. Les photos suivantes, faites au début de la semaine, étaient celles de tous les autres tableaux qui étaient accrochés sur les murs de la pièce.

— Tu as une idée des dimensions du tableau volé ?

— Amédée l'avait mesuré, je m'en souviens, il fait trente centimètres de haut pour vingt-sept de large.

— Il n'est pas bien grand ce tableau mais il n'est quand même pas facile à emporter sous le bras et surtout qu'a priori, le voleur a pris le tableau et le cadre où il était fixé, puisque lui non plus nous ne le trouvons pas.

Je me retournai vers mon oncle.

— Vu le montant de l'estimation du tableau, cela devient du sérieux et je pense qu'il est préférable d'appeler la police, tu peux le faire ?

— Oui, je les appelle tout de suite, dit-il, en tournant les talons

Puis revenant sur ses pas :

— Qui dois-je appeler ?

— Le commissariat de police, Tonton. De temps en temps il avait des absences, le pauvre. *(On ne va pas vers le beau, ma pauvre Huguette ! – Scènes de ménage M6)*

Il prit le couloir et alla à petits pas vers le bureau.

En attendant, je fis le tour de la pièce et je remarquai plusieurs détails.

— Regarde Tata, c'est étrange qu'un voleur n'ait pas pris la toile principale que tu as mise au milieu des autres et qui est éclairée avec des spots pour la mettre en valeur ?

— Oui, c'est vrai, tu as raison. Mais ce tableau-là, je l'ai mis au centre du mur parce que c'est celui que je préfère, c'est le camaïeu de bleu que j'aime bien, sauf qu'il n'a que peu de valeur parce qu'il est signé par un illustre inconnu. Le voleur était certainement un connaisseur et a pris un tableau signé d'un peintre reconnu.

— Et là, sur les trois fenêtres dans la pièce il y a celle du milieu qui est ouverte, c'est normal ?

Elle se retourna vers ladite fenêtre.

— Ah non ! Ça, ce n'est pas normal, nous n'ouvrons jamais les fenêtres depuis que j'ai fait installer tout un système de climatisation qui règle automatiquement le degré de chaleur et le taux d'humidité. Pour la conservation des toiles entreposées ici, c'est indispensable.

— Et pourtant cette fenêtre est grande ouverte !

— Oui, je ne comprends pas, peut être que le voleur est passé par là ?

J'allai à la fenêtre. Sous celle-ci se trouvait un petit meuble à étagères d'une quarantaine de centimètres de profondeur avec de petits objets des collections de Tata en exposition qui n'avaient pas été déplacés. J'inspectai les battants, il n'y avait aucune trace montrant qu'ils avaient été ouverts en force, bien au contraire, la poignée était en position ouverte. Je regardai ensuite l'encadrement et le rebord, mais ceux-ci ne présentaient aucune rayure ou trace de frottement.

Tonton revint.

— C'est fait, j'ai appelé la police, ils arrivent, ils m'ont dit qu'il ne fallait toucher à rien.

Je continuai mon inspection.

La serrure sur la porte était intacte, elle avait bien résisté à l'ouverture forcée que je lui avais imposée, on voyait bien que le pêne était engagé sur un tour et que la grosse clé était toujours dans la serrure. Je pris un mouchoir pour ne pas effacer d'éventuelles empreintes et manœuvrai la clé du bout des doigts, la serrure fonctionnait très bien, elle tournait sans effort.

Derrière la porte, sur le sol au milieu des morceaux de bois du chambranle qui avaient été repoussés quand nous l'avions ouverte, il y avait une petite fourchette.

— Tata, tu fais aussi collection de petites fourchettes à gâteaux ?

— Non, pourquoi me demandes-tu ça ?

— Regarde au sol, il y en a une derrière la porte.

Tonton qui été à côté de la porte, regarda aussi.

— C'est une fourchette à gâteux.

En riant, je lui dis :

— Une fourchette à gâteaux, Tonton, gâteaux pas gâteux.

— C'est bien ce que j'ai dit, dit-il fâché, « une fourchette à GATEUX ».

Bon je laisse tomber, je sais bien qui est le gâteux ici. Je me mis à genoux pour la regarder de plus près.

En me tournant vers Tata :

— C'est à vous cette petite fourchette ?

— Attends que je regarde.

Elle arriva la main tendue.

— Attention Tata, sans y toucher, comme a dit la police.

Elle retint son geste, se pencha et la regarda de plus près.

— Oui, c'est une de nos fourchettes à gâteaux, mais qu'est-ce qu'elle fait ici ?

— Tu n'as aucune idée pour expliquer comment elle est arrivée derrière cette porte.

— Non, je ne vois vraiment pas.

— Alors, c'est étrange qu'elle soit arrivée là. En me relevant « et la clé dans la serrure c'est la tienne ? »

Elle la regarda attentivement.

— Ah ! oui, je la reconnais, c'est bien ma clé qui fermait cette porte de l'intérieur, le voleur la prise à l'extérieur pour pouvoir s'enfermer dans la pièce, c'est complètement fou cette histoire.

— As-tu remarqué si un autre tableau ou un objet a été volé ?

Elle regarda rapidement les différents murs de la pièce.

— Hormis le tableau qui a été volé, il n'y a aucune autre œuvre accrochée aux murs qui a disparu. Par contre, pour toutes les autres qui sont stockées le long des murs ou dans des cartons, ce n'est pas la peine que je vérifie, c'est pratiquement impossible de savoir s'il en manque. Il y a tant de tableaux et d'objets non répertoriés ici que nous ne saurons jamais si quelque chose d'autre a été volé.

Elle était fataliste, mais surtout abattue par le vol de son dernier tableau.

— Sortons de la pièce sans rien toucher et allez attendre l'arrivée de la police en bas, moi je vais dehors pour voir s'il y a des traces du passage du cambrioleur sur la façade que je pourrais leur montrer quand ils seront là. Je vous rejoins après.

Tonton regarda sa montre.

— Tu dînes avec nous, c'était plus une affirmation qu'une question, « je préviens Marthe de mettre un couvert en plus ». Il perdait un peu la tête le Tonton, mais il n'avait pas perdu l'appétit.

Je refermai la porte tant bien que mal et on descendit l'escalier pour rejoindre le rez-de-chaussée, c'était un peu long et difficile pour eux, cet escalier était devenu un calvaire et je les exhortais depuis des mois à acheter un monte-escalier électrique mais ils refusaient prétextant faussement qu'ils voulaient garder la beauté des lieux et respecter l'architecture. C'est fou, comme nous sommes tous capables de dépenser de l'argent pour des babioles ou des frivolités alors que nous hésitons souvent pour des choses essentielles mais dont nous n'avons pas envie. *(Amis de la psychologie à deux balles, bonjour !)*

J'arrivai en bas des escaliers au moment où Laetitia, leur employée de maison, rentra des courses avec son panier d'osier au bras. Quand elle me vit, elle me lança un joyeux.

— Bonsoir Monsieur Gil *(Oui très chers lecteurs, dans cette maison j'ai du : Môsieur Gil).*

— Bonsoir Laetitia. Ne touchez à rien dans la "pièce des collections", il y a eu un cambriolage dans l'après-midi et nous attendons la police d'un instant à l'autre.

— Mais c'est affreux que quelqu'un soit entré dans la maison pour cambrioler et en plein jour en plus.

— Oui, c'est désolant. Pouvez-vous me prévenir dès que la police arriva, je vais faire le tour de de la maison pour voir par où le voleur a pu entrer.

— Je voudrais bien, Monsieur Gil mais dans quelques minutes, c'est l'heure de ma fin de service.

— Ah ! Cela ne fait rien, rentrez chez vous, je ferai attention de ne pas louper le bruit d'une voiture qui arriverait dans l'allée gravillonnée.

Laetitia se dirigea vers Tonton qui arrivait péniblement sur la dernière marche et lui tendit un sachet de pharmacie.

— Voici vos médicaments, Monsieur, et elle disparut par la porte de la cuisine.

Après leur descente de l'Everest, je laissai l'oncle et la tante regagner le salon et pour ma part je sortis et fis le tour de la maison.

Arrivé sur le côté de maison, je me mis sous les fenêtres de la "salle des collections" et je remarquai qu'en fait, c'était très haut. Le sous-sol dépassait de terre d'un bon mètre, l'étage du rez-de-chaussée était très haut avec ses plafonds surélevés et juste en dessous de la fenêtre ouverte, il y avait un petit escalier bétonné qui allait vers le sous-sol et cela rajoutait encore de la hauteur à cet endroit.

J'examinai la façade pour imaginer comment le voleur aurait pu grimper jusqu'à cette fenêtre. Pour moi c'était inimaginable, le mur était lisse depuis que l'isolation par l'extérieur avait été faite il y a des années de cela. Du toit, avec l'étage du grenier, c'était tout aussi incroyable de pouvoir atteindre le rebord de la fenêtre qui était à l'aplomb du faîtage et il y avait bien quatre à cinq mètres à descendre sur un mur tout aussi lisse. J'étais loin d'être un expert en escalade, mais je restai dubitatif sur la possibilité d'accéder dans la maison en passant par là.

Et pour sortir de la maison par cette même fenêtre, cela me semblait tout aussi improbable. Du rebord de la fenêtre, il était impossible de grimper sur le toit qui était inaccessible et pour y descendre, il aurait fallu que le voleur utilise une corde mais il n'y avait aucune trace sur l'encadrement de la fenêtre prouvant cette solution, ou alors qu'il saute, mais cela me paraissait bien trop haut.

C'était totalement incompréhensible cette histoire, de plus il y avait les deux petites fenêtres du rez-de-chaussée qui donnaient dans la cuisine, toutes les personnes qui seraient passées de ce côté de la maison prenaient le risque d'être vues par la cuisinière. Je vérifiai les deux portes de service en fer qui étaient sur cette façade, l'une en haut de quelques marches donnait sur la cuisine et l'autre en bas de l'escalier menait dans les sous-sols de la maison mais elles étaient fermées et impossibles à ouvrir du dehors.

Il restait la possibilité de passer par l'intérieur pour atteindre cette pièce, mais en plein jour avec plusieurs personnes dans la maison qui allaient et venaient, cela me paraissait inconcevable.

Belle énigme en fait puisqu'aucune des deux possibilités d'accéder au tableau volé n'était pertinente.

Après un regard à ma montre, je réintégrai rapidement l'intérieur de la maison où l'on m'attendait avec impatience dans la salle à manger, c'était l'heure du dîner et Tonton était exigeant sur le respect des heures des repas. Il avait depuis de nombreuses années imposé ses horaires de repas : le déjeuner devait être servi à douze heures trente et le dîner à dix-neuf heures trente précisément. Quand nous fûmes tous les trois à table, au coup de l'horloge annonçant l'instant précis du dîner, la porte s'ouvrit. Léon entra en premier, suivi de Marthe poussant son chariot. Elle posa une soupière sur la table et fit le service. Léon vint se coucher à mes pieds, sans le moindre regard à nos assiettes, il était repu.

Après ce dîner frugal, une soupe, une tranche de jambon accompagnée d'une salade et pour terminer un fruit *(très décevant, je vous l'accorde)*, on s'installa dans le salon télé pour attendre l'arrivée de la police qui n'avait toujours pas montré le bout de son nez.

Le salon télé était une belle et grande pièce, à l'image de toutes celles dans cette maison d'ailleurs. Un énorme téléviseur accroché au mur, les mêmes que l'on voit en présentation chez Darty ou à la Fnac *(pub gratuite, n'allez pas imaginer des accointances avec eux !)* et un système audio avec des haut-parleurs disposés sur tous les murs créaient une ambiance "salle de cinéma" lors des visionnages de films. Pour profiter pleinement de ce matériel audiovisuel dernier cri, de gros et confortables canapés et fauteuils étaient positionnés en demi-cercle devant l'écran. Pour compléter l'ameublement, il y avait un coin-bar avec un petit réfrigérateur et deux tabourets hauts installés devant et une console collée sur un mur avec des bibelots posés dessus égayait le décor.

Marthe, à la fin de son service, vint nous saluer. Elle s'assura que je me rappelais bien comment fermer la maison, elle s'en inquiétait, car c'était elle qui tous les soirs en partant, avant de prendre le bus qui la ramenait en centre-ville, avait la charge de la fermer et de mettre les alarmes en fonction.

Chacun s'occupa différemment. Pour ma part, je pris un magazine et m'installai confortablement dans un fauteuil avec Léon couché à mes pieds. De son côté, Tonton alluma la télévision sur une de ses émissions insipides et Tata se plongea dans la lecture d'un gros livre d'art.

Il va y avoir du sport dans le chapitre 2.

L'attente interminable eut raison des deux vieux qui finirent par s'endormir dans leur fauteuil et de Léon qui, toujours allongé à mes pieds, fit de même. D'un coup de zappette, je fermai le téléviseur pour qu'ils puissent dormir tranquillement. C'est alors qu'à mon grand étonnement, et sans que je m'y attende, commença une compétition qui était, et cela je m'en rendis compte plus tard, de classe internationale.

Cela débuta par de doux ronrons des trois athlètes. Puis Tata, en guise d'échauffement, entama avec son nez un petit air de trompette bien gentillet accompagné de Léon qui, à l'aide de son gros pif, faisait de petits bruits étranges, seul Tonton restait classique par un "ron-piche" des plus conventionnels. Je posai mon magazine et m'installai encore plus confortablement dans mon fauteuil pour profiter pleinement de ce spectacle.

Leurs ronflements s'organisèrent peu à peu, dans une sorte de discussion entre eux. Chacun à tour de rôle émettait des grognements, soupirs ou sifflements, histoire de se jauger avant le début de l'affrontement sportif. Puis d'un coup, l'intensité des ronflements des trois protagonistes redoubla, la compétition était lancée.

Le bruit montait peu à peu en puissance à la manière d'un avion en bout de piste préparant son décollage en poussant graduellement ses réacteurs et pour finir, le bruit devint infernal. À ce petit jeu,

Léon n'était pas mal, avec ses babines vibrantes à l'unisson de ses ronchonnements bestiaux et il surpassait en décibels Tata, qui pourtant mettait du sien pour ne pas être éliminée en laissant échapper de grands râles suivit de longs sifflements. Mais ces deux-là étaient très loin derrière Tonton, qui, avec ses ronflements maousse costauds, arrivait à faire trembler les murs. Il tirait habilement avantage d'un rhume débutant qui lui bouchait une narine pour surclasser facilement les deux autres, je ne savais pas si cela était considéré comme du dopage ou si c'était autorisé par la bien connue fédération sportive : la SNORE (Société Nationale de l'Ordre des Ronfleurs d'Exception) mais je n'osai pas demander le règlement encadrant scrupuleusement ce sport pour ne pas interrompre une compétition qui avait atteint un tel niveau d'excellence.

Sport malheureusement interdit de retransmission télévisée, parce que trop trivial aux yeux de certains et pourtant tellement pratiqué en privé à travers le monde. Tout le monde a assisté à ce type de compétition entre athlètes amateurs, dans les dortoirs de colo ou de caserne, durant les vols de nuit au-dessus de l'Atlantique ou dans les trains de nuits… *(Liste non exhaustive, à vous de la compléter.)*

Mais revenons à la compétition en cours. Le bruit était devenu démentiel, il couvrait largement le son d'une escadrille d'Airbus 380 au décollage. Pourtant ce n'était que le début de cette démonstration dantesque puisqu'à un moment, ils se synchronisèrent et là, Mesdames, Messieurs, là vraiment, ce fut grandiose, faramineux, que dis-je MONUMENTAL !

Nous étions arrivés à l'apothéose de cette rare rencontre réunissant des compétiteurs d'un tel niveau et maîtrisant leur sport avec une telle perfection. On était à un point où tout tremblait dans la pièce, des courants d'air extrêmement puissants étaient créés à chacune de leurs inspirations et expirations synchronisées, c'était titanesque, je m'agrippai à mon fauteuil pour ne pas être emporté par ce tourbillon cyclonique. Autour de moi tout bougeait, des feuilles de magazines arrachées par la tornade volaient en tourbillon autour de moi, les objets s'entrechoquaient bruyamment, les lustres tanguaient dangereusement, j'avais les oreilles qui bourdonnaient, mes membres tremblaient et mon cœur s'affolait. Qui allait sortir vainqueur de cette mémorable empoignade ?

Le suspense était à son comble lorsqu'une sonnerie stoppa net la compétition. Comme au coup de sifflet d'un arbitre international, les trois compétiteurs interrompirent leur prouesse sportive, baissèrent l'intensité de leurs échanges et attendirent dans un doux vrombissement de locomotive à vapeur l'annonce des résultats. Je m'attendais à voir arriver le comité olympique pour déclarer le vainqueur et commencer la solennelle remise des médailles. Mais une nouvelle sonnerie me remit dans la réalité, me rappelant que nous attendions la police. Je me levai fissa et sans un bruit je refermai la porte sur ce trio infernal.

J'allais ouvrir. Deux hommes en civil se présentèrent, le premier, un homme d'environ trente-cinq ans, bien habillé, costard/cravate, l'air suffisant de celui à qui on a donné une autorité et qui depuis ne

se sent plus, avec une tête de Monsieur "je sais tout".
Le deuxième était plus "cocasse", c'était un petit
bonhomme bien en chair, la cinquantaine, cheveux
gras blanchis par les ans et une bonne tête d'alcoo-
lique avec sa grosse bouille bien rouge et les relents
de vin bon marché qui vont avec. Il portait, contras-
tant avec son supérieur hiérarchique, une paire de
jeans délavés et sous son blouson de cuir noir ouvert, on pouvait deviner, grâce aux larges taches et
coulures sur sa chemise qui fut jadis blanche, le
menu de son dernier repas. J'étais ébahi d'avoir devant moi le dernier spécimen vivant d'un Bérurier.
(Lisez ou relisez les aventures de San Antonio)
   Le plus jeune se présenta.

— Bonjour, je suis le lieutenant Paul Hicier, inspecteur de police judiciaire et voici mon adjoint, Yvon
Hobart. Vous nous avez appelés pour un vol d'un
tableau qui aurait de la valeur ?

— Oui, c'est à mon oncle et ma tante que le tableau
a été volé, ils sont vieux et ils se sont endormis en
vous attendant. Si cela ne vous dérange pas, je peux
vous montrer la pièce où le vol a été commis, nous
les réveillerons un peu plus tard si vous avez des
questions à leur poser.

— D'accord nous les verrons plus tard si besoin,
montrez-moi l'endroit où il y a eu le cambriolage.

— Bien, suivez-moi, cela s'est passé à l'étage.

   Arrivés dans la "pièce des collections", je leur expliquai le déroulement de mon intervention pour ouvrir la porte, leur montrai la serrure en position fermée avec la clé dedans, leur fis découvrir la pièce

avec toutes les collections et tous les endroits de
stockage répartis le long des murs, leur désignai l'emplacement où se trouvait le tableau qui avait été volé,
leur fit remarquer la fenêtre qui était restée ouverte
et leur fit part de la découverte de la petite fourchette à gâteaux derrière la porte.

— Quelle est l'estimation des biens dérobés ? me demanda l'inspecteur.

— Le tableau qui était au mur a été estimé cet après-midi par un expert, à près de trois cents mille euros.

— C'est une belle somme !

— Oui c'est pour cela que nous vous avons appelés
en urgence.

Le Bérurier de service arpenta la pièce en prenant
quelques photos de ci de là avec son appareil photo
pendu à son cou, tout en regardant vaguement les tableaux et les collections hétéroclites de Tata. Il examina plus attentivement les plus beaux spécimens de
nain de jardin à brouette, mais ce qui l'attira le plus
fut la collection de pots de chambre dont certains
avaient des peintures un peu coquines et sur lesquels
il s'attarda plus longuement.

Pour sa part, le lieutenant de police après un rapide tour de la pièce se figea en son centre en regardant à droite à gauche. Après quelques minutes et
plusieurs hochements de tête, il me dit d'un air sérieux.

— C'est simple, le voleur est entré par la fenêtre et,
pour ne pas être surpris pendant son larcin, il a
fermé à clé la porte. Puis il a fouillé tranquillement

toute la pièce et pris ce qu'il pensait pouvoir revendre facilement. Ensuite, il est reparti tout simplement par la fenêtre par où il était entré. Ce n'est pas plus compliqué que cela. Vous savez, il y a de nombreux vols de ce type en ce moment dans la région, ce sont des bandes de "monte-en-l'air" qui font cela. Malheureusement, il y a de grandes chances que nous ne retrouvions jamais le tableau volé et je pense même qu'à l'heure qu'il est, il doit être déjà chez un receleur.

— Mais ma tante m'a affirmé que les fenêtres de cette pièce sont toujours fermées.

— C'est ce que disent tous ceux qui ont été victimes d'un vol. Ils ne veulent jamais reconnaître leurs erreurs, une porte ou une fenêtre restée ouverte, un système d'alarme pas enclenché et bien d'autres choses qui facilitent grandement ce genre de délinquance. Votre tante est âgée et elle ne se souvient peut-être pas d'avoir laissé une fenêtre ouverte. De toute façon, elle doit être assurée contre les vols, donc ce n'est pas bien grave.

— Non, je doute que toutes ses peintures et pièces de collection soient assurées contre le vol.

— Ah, bien alors c'est vraiment dommage. Vous devriez lui conseiller d'en prendre une, avec le nombre de cambriolages en forte augmentation dans le secteur, cela serait un moindre mal si cela se reproduisait.

— Vous ne trouvez pas étrange qu'il ait pris justement le tableau qui avait la plus grande valeur ?

— Vous savez, à force de voler des tableaux, ils sont devenus des connaisseurs ou alors c'est tout simplement le hasard, le voleur a pris celui-là parmi tous ceux qu'il a pu emporter, puisque vous m'avez dit que vous ne savez même pas si c'est un ou plusieurs tableaux qui ont été dérobés.

— Mais, si l'on imagine que la fenêtre était restée ouverte, celle-ci est très difficile à atteindre par l'extérieur, pour ne pas dire impossible, les murs sont tellement lisses sur cette façade …

Il me coupa la parole et avec un petit rire dans sa voix, il me dit.

— Vous voyez, le fait que votre tante ait laissé la fenêtre ouverte est devenu une option pour vous !

Là, il m'avait eu ! Il poursuivit.

— Et ce genre de cambrioleur arrive à grimper à des endroits qui nous semblent inaccessibles. Croyez-moi, ce vol s'est déroulé tel que je vous l'ai déjà dit, il n'y a pas à chercher autre chose.

J'essayai d'argumenter.

— Si nous considérons que le voleur est entré et ressorti par cette fenêtre ouverte comme vous le dites, il y a alors des choses étranges. Par exemple : qu'il n'ait pas enlevé ou même bousculé les objets qui se trouvent posés sur le petit meuble sous la fenêtre quand il est entré et ressorti, il y a aussi le fait qu'il n'y ait aucune trace de son passage sur les encadrements et le rebord.

— Pour les objets sur le petit meuble qui n'ont pas été déplacés, cela ne veut rien dire, c'est un jeu d'enfant pour eux de les éviter en passant par-dessus, tous ces voleurs sont agiles comme de petits singes et pour les encadrements et le rebord, pourquoi voulez-vous que le voleur laisse des traces ? Ils ont tous des chaussures souples et il s'est simplement mis au bord pour sauter sur la pelouse, ni vu ni connu.

— Mais c'est très haut !

— Pas pour eux, rien ne leur fait peur.

Il avait réponse à tout et c'était énervant. Je lui répondais mollement :

— Oui, peut-être … Mais, cette petite fourchette à gâteaux que nous avons retrouvée derrière la porte, c'est étrange quand même, parce que nous ne savons pas comment est-elle arrivée là ? Vous savez, je suis détective privé et certaines fois, ce sont de petits détails comme cela qui ont de l'importance et …

Ils partirent tous les deux d'un énorme rire.

— Vous, les détectives privés, vous vous prenez tous pour Hercule Poirot, vous allez chercher la petite bête. C'est la même chose que pour la fenêtre ouverte, votre tante a laissé traîner une petite fourchette et ne s'en souvient pas. Ne cherchez pas plus loin, la solution est toute simple, ce sont des "monte-en-l'air" qui ont fait le coup. Comme je vous l'ai déjà dit, il y en a un qui a grimpé le long du mur de la façade, s'est introduit par cette fenêtre laissée ouverte puis il est reparti par le même chemin. Croyez-en mon expérience, c'est de cette manière que le vol a été commis.

Je ne savais plus quoi répondre, il poursuivit.

— Ne réveillez pas votre oncle et votre tante, demandez-leur de passer dans la semaine au commissariat pour porter plainte et signer leur déposition pour ce vol.

— Mais vous ne prenez pas les empreintes ?

— Non pas la peine, cela fait longtemps qu'ils portent des gants fins pour ce genre de cambriolage, nous ne trouverons rien, ce serait une perte de temps.

Puis, il me tendit sa carte de visite.

— Voici mon numéro et mon email, appelez-moi ou envoyez-moi un courriel si vous avez du nouveau ou si votre tante remarque que d'autres œuvres ont disparu. Et avec un petit sourire énervant. « N'hésitez pas à me contacter si vous avez besoin d'un conseil pour vos enquêtes. »

Son acolyte l'avait rejoint et avec un petit salut de la main.

— Nous vous souhaitons bonne soirée.

Sans attendre ma réponse, ils descendirent rapidement les escaliers et sortirent de la maison sans se retourner.

Je restai dans la pièce, abasourdi par la rapidité de leur intervention. Et s'il avait raison ce jeune inspecteur ? Tata aurait pu laisser la fenêtre ouverte sans s'en souvenir, laisser là cette petite fourchette par inadvertance et le voleur aurait pu gravir la façade et s'enfuir par le même chemin, c'était certainement possible si la police le disait. Je me faisais certainement un film dans ma tête et je cherchais trop la "petite bête" comme il me l'avait reproché.

Je retournai dans le salon télé où je retrouvais les trois compétiteurs en plein entraînement pour de futures joutes. Je réveillai doucement les deux ancêtres et après leur avoir raconté succinctement la visite de la police, je les accompagnai à l'étage pour qu'ils terminent leur nuit dans de meilleures conditions qu'affaissés dans leur fauteuil.

En haut de l'escalier, on tourna sur la gauche pour prendre le couloir en mezzanine qui surplombait le hall d'entrée en laissant derrière nous la "pièce des collections". Passant devant les deux portes des chambres d'amis, celle d'une petite salle de bain et celle de leur bureau, on arriva à la porte du "coin nuit" qui prenait la totalité de l'aile gauche de l'étage de la maison et qui était le pendant de la "pièce des collections". Une moitié de cette surface, celle donnant du côté parc, exposée plein sud, était la partie réservée à l'oncle et tante. Elle était composée d'un large vestibule, de leurs deux chambres et de leur salle de bain. Dans l'autre moitié, côté nord, il y avait la partie occupée par les chambres des enfants à l'époque où ils habitaient ici.

Après les avoir embrassés et reçu les consignes très strictes de fermeture de la maison de la part de Tata, je les quittai en leur promettant de revenir de bonne heure le lendemain matin pour tout leur raconter en détail.

Je vérifiai que la fenêtre de la "pièce des collections" était bien refermée, je pris la fourchette à gâteaux avec un mouchoir en papier et la fourrai dans ma poche. Puis je descendis au rez-de-chaussée suivi comme mon ombre par un Léon qui dormait debout, ses yeux étaient à demi clos, il marchait comme un somnambule, il était épuisé d'avoir participé à cette compétition nocturne. Je vérifiai sur le tableau général de l'alarme que tous les points lumineux représentant chaque ouverture de la maison étaient bien tous verts, j'enclenchai l'alarme générale à l'aide de mon code personnel. Je me dépêchai de sortir en poussant Léon aux fesses, fermai les trois serrures de la porte d'entrée, courus jusqu'à ma voiture, y jeta Léon, démarra en trombe pour sortir rapidement de la propriété et refermai le portail avec ma télécommande avant le quart d'heure de battement prévu pour le verrouillage automatique dudit portail.

Après un retour rapide dans les rues désertes, on fit vite fait notre petite balade du soir autour de notre immeuble, puis on rentra contents de retrouver notre bercail et Léon partit rapidement se coucher, pour finir en solo la partition musicale entamée en trio.

J'eus beaucoup de mal à m'endormir, au fond de moi je ne croyais pas à cette histoire de "monte-en-l'air", c'était trop simple cette explication. *(Et l'histoire s'arrêterait là, ça serait ballot, vous ne croyez pas !)*

On me donne du travail dans le chapitre 3.
VENDREDI

Je voulais être de bonne heure à "la Châtaigne-raie" pour narrer la visite des policiers à Tonton et Tata et voir leurs réactions sur les conclusions de la police. C'est pourquoi le lendemain matin, à neuf heures trente, je garai la voiture à proximité du perron, juste à côté du camion des jardiniers qui étaient déjà en plein travail dans le terre-plein central.

Suivant mon habitude, je sonnai à la porte et attendis encore somnolent, à cause de ce réveil trop matinal pour mes horaires habituels, que quelqu'un me fasse entrer. Laetitia nous ouvrit et Léon alla directement à la porte de la cuisine pour se jeter dessus avec autant d'énergie qu'un gars voulant retrouver de la nourriture après avoir décidé d'arrêter sa grève de la faim.

Laetitia brisa tous les espoirs du goinfre de service.

— Non Léon, il est bien trop tôt et Marthe n'est pas encore arrivée. Il va falloir que tu patientes un bon bout de temps avant de pouvoir manger.

Dépité, il se coucha en travers de la porte, sachant que Marthe, en arrivant, ne pourrait pas le louper.

Elle se retourna vers moi.

— Bonjour, Monsieur Gil. Comme d'habitude, Monsieur est au salon télé et Madame est à son bureau, voulez-vous que je vous annonce à l'un ou à l'autre ?

— Non, ce n'est pas la peine, ils m'attendent.

J'allai dire bonjour à Tonton qui était déjà plongé dans un documentaire historique d'Arte puis je montai retrouver Tata dans le bureau. *(Vous vous rappelez de la configuration des lieux ou vous avez déjà oublié ? Pour votre défense, il était très tard hier soir quand nous sommes passés devant !)*

C'était une pièce qui avait toujours été le bureau d'où ils avaient géré de tous temps leurs affaires et il y a quelques années, ils y travaillaient encore tous les deux mais maintenant seule Tata en avait la volonté et la capacité. Tonton s'était rendu compte, il y a quelque temps, qu'il ne comprenait plus rien et n'arrivait plus à suivre les conversations techniques que Tata avait avec le notaire, le banquier et les marchands de biens qu'ils fréquentaient. Il préférait maintenant passer son temps devant la télé ou à méditer seul assis sur un banc dans le parc. Il avait abandonné les balades sur les chemins autour de leur propriété, il avait même arrêté de pêcher dans l'étang, activité que pourtant il adorait pratiquer et qu'il nous avait enseignée quand nous étions des enfants.

Tata y passait toutes ses journées à gérer leur argent et leurs biens. Entre les cours de la bourse qu'elle suivait sur un écran dédié à la façon d'une pro et la gestion de leurs immeubles de rapport, elle ne s'ennuyait pas, sans parler des recherches qu'elle faisait pour dénicher de bonnes affaires pour ses fameuses collections.

Elle était contente de me revoir pour que je lui raconte plus en détail la visite de la police. Elle me confirma que le tableau n'était pas assuré, et ne croyait pas plus que moi, aux "monte en l'air" escaladant la façade.

— Gil, me dit-elle, tu ne nous avais pas dit que tu étais détective privé maintenant ?

— Oui, j'ai débuté cette nouvelle profession depuis quelques mois déjà.

— Je t'engage alors pour que tu fasses une de tes enquêtes sur ce vol.

— Mais je ne trouverai rien, même les policiers ont abandonné avant même de commencer, pour eux et ils en sont certains, ce sont des "monte-en-l'air" qui ont fait le coup et nous ne retrouverons jamais ni le voleur ni ta toile.

— Tu sais Gil, ce vol est trop étrange. En y réfléchissant depuis ce matin, accéder dans cette pièce par l'extérieur en escaladant le mur, je n'y crois pas une seconde et de toute façon je suis absolument certaine de ne pas avoir laissé cette fenêtre ouverte, je ne suis pas encore gâteuse à ce point. Écoute, si cela t'intéresse, je te paierai tout le temps qu'il te faut, mais j'aimerais comprendre ce qui s'est réellement passé. Il faut absolument que tu trouves comment le voleur a fait pour entrer dans la maison et repartir sans être vu. Sinon, malgré les alarmes, les systèmes de sécurité et les précautions que nous prenons déjà, ils pourraient recommencer et nous ne serons plus jamais en sécurité dans cette grande maison.

— Oui je comprends. Bon, je suis d'accord pour faire une enquête si cela peut te rassurer, peut-être que j'arriverai à comprendre comment les voleurs ont fait, mais je te préviens, c'est sans aucune garantie de résultat !

— Merci bien. Fais tout ton possible pour trouver comment il a fait et si par bonheur, tu retrouves le tableau, je te donnerai en plus de tes honoraires, dix pour cent du montant de sa vente !

— Dix pour cent ? J'étais ébahi par la proposition, cela m'avait coupé la chique.

Devant mon air stupéfait, elle me relança.

— Alors, dix pour cent de la vente du tableau, cela te motive ou pas ?

— Ah oui, bien sûr que cela me motive !

Tu parles, je commençais à rêver. D'un coup, plus de dettes et une nouvelle voiture en perspective, qui refuserait ? Mais il ne fallait pas que je m'emballe trop vite sur cette possible entrée d'argent. Comprendre comment le voleur avait fait son coup, peut-être, lui mettre la main dessus, c'était déjà de l'improbable, mais retrouver le tableau volé, cela relevait de l'impossible.

… Oui, mais "impossible n'est pas français" paraît-il, et il faut l'avouer, la carotte était tentante. *(Vous êtes d'accord avec moi, trente mille euros ça motive sacrément !)*

Chevaleresque, je poursuivis.

— Mais si je ne trouve pas comment le voleur a pu s'introduire et repartir de la maison sans être vu, je ne veux rien.

— D'accord et dans un geste étonnant pour moi, mais qui lui était venu naturellement, elle tapa dans ma main, paume contre paume. Puis pour confirmer notre accord, elle me serra la main d'une poigne vigoureuse, comme dans les foires du XIXe siècle, lorsque que les paysans vendaient un bœuf et qu'une poignée de main suffisait à sceller la vente.

Elle me demanda.

— Alors, quand débutes-tu ton enquête ?

— Euh…, tu me prends de court, mais on peut commencer tout de suite si tu veux, tu seras la première à être interrogée. Ça te va ?

— Oui, très bien, vas-y, je suis prête à répondre à toutes tes questions.

Je sortis mon petit calepin de détective que j'avais toujours dans la poche "au cas où". J'avais choisi celui-là parce qu'il avait la particularité d'avoir un petit crayon glissé dans un anneau de tissu sur le côté, bien commode pour ceux qui, comme moi, perdent tous leurs stylos.

— Alors, dis-moi, quelles sont les personnes que tu as vues et rencontrées hier après-midi, sans oublier tes allées et venues, avec les détails des heures si tu t'en souviens.

(Chers lecteurs, je sais que vous êtes des passionnés du détail et cette enquête étant très minutée, vous allez l'adorer. Mais ne prenez pas la peine de noter les horaires de chacun des suspects, croyez-moi sur parole. Pour vous aider, je vous ai fait un beau "TABLEAU DES HORAIRES", que vous pourrez consulter à loisir, je vous l'ai mis à l'avant-dernière page du livre. Vous voyez, je suis aux petits soins pour vous !)

— D'accord, je vais essayer d'être claire et précise. Après le déjeuner, à quatorze heures, j'ai reçu dans ce bureau Maître Jean Tourloupe, notre notaire.

Nous avons travaillé jusqu'à ce que Laetitia me prévienne qu'Amédée était arrivé, il était alors quinze heures. J'ai pris la clé de la "pièce des collections" et je suis allée l'attendre en haut des escaliers en laissant le notaire travailler seul. Quand il m'a rejoint, j'ai ouvert la porte qui était fermée à clé, puis nous sommes entrés dans la pièce.

— La clé, tu l'as laissée sur la porte ?

— Oui certainement, je ne me souviens pas vraiment mais c'est ce que je fais habituellement.

— Tu es allé directement lui montrer le tableau d'Odilon Redon ?

— Oui, c'est le seul que je voulais qu'il expertise.

— Es-tu certaine, une fois entrée, de ne pas avoir ouvert une des fenêtres pour aérer ou regarder les jardiniers dehors.

— Oui, je te le répète, je suis certaine de ne pas avoir ouvert une fenêtre. Et je te l'ai déjà expliqué hier, nous ne les ouvrons jamais à cause de la climatisation.

— Te rappelles-tu d'avoir apporté une fourchette à gâteaux dans cette pièce ?

— Dis donc, cette petite fourchette te turlupine *(je trouve rigolote cette vieille expression d'un autre temps)*, eh bien non, je ne me rappelle pas d'avoir apporté délibérément une fourchette à gâteaux…

Elle s'arrêta de parler et sembla réfléchir, puis reprit.

— Par contre, c'est possible que quelqu'un l'ait fait tomber ici le mardi soir quand j'ai montré ma collection à quelques-uns de nos invités qui étaient venus dîner. Je ne me rappelle pas si l'un d'eux était monté avec son assiette à dessert mais cela est tout à fait possible.

— Bon, on avance, cela nous donne une explication plausible d'avoir trouvé cette petite fourchette derrière la porte, c'est dommage car je pensais qu'elle pouvait avoir un lien avec le vol ! Tu as donc eu des invités mardi soir ?

— Oui, nous avions convié à dîner plusieurs de nos vieux amis.

— Il ne s'est rien passé de spécial lors de cette soirée.

— Non, ce sont des amis de longue date. Ils sont partis assez tôt, tu sais, à nos âges, nous nous couchons tous de bonne heure.

— En revenant au tableau volé, tu m'as dit hier avoir acheté plusieurs tableaux en même temps et n'avoir accroché que celui-là au mur parce que tu pensais qu'il avait de la valeur et qu'as-tu fait des autres ?

— Les autres tableaux n'avaient pas d'intérêt et je les ai laissés dans leur carton que j'ai remisé tout au fond contre un mur.

— Et ils sont toujours là ?

— Oui j'ai vu le carton ce matin en faisant le tour de la pièce pour voir si d'autres choses avaient été dérobées.

— Ah, je me disais que c'était peut-être ton vendeur qui après s'être aperçu qu'il s'était fait avoir sur la valeur des tableaux qu'il t'avait vendus, était venu les reprendre.

— Non je n'y crois pas. C'est un très vieil homme qui vidait sa maison avant de la vendre pour partir en maison de retraite. Et il n'avait de toute évidence aucune idée de la valeur réelle de ses vieux tableaux qui étaient remisés dans son grenier depuis des lustres.

— Et en faisant ton tour rapide, as-tu vu s'il te manquait d'autres tableaux ou pièces de tes collections.

— Non, je ne pense pas. Bon, c'est vrai que je j'en ai tellement que je n'ai pas pu tout contrôler, mais a priori seul ce tableau a été volé.

— Poursuivons le déroulement de ton après-midi. Tu ouvres la porte en laissant la clé dessus puis vous allez jusqu'au tableau, et après ?

— Amédée l'a décroché et examiné attentivement. Il est fin connaisseur des peintres du XIXe et XXe siècle, il a tout de suite reconnu que c'était un vrai Odilon Redon, la signature était bien visible. Les œuvres de ce peintre sont assez particulières, comme tu as pu le voir sur la photo que je t'ai montrée hier. Dans ses peintures, il explore les aspects de la pensée, la part sombre et ésotérique de l'âme humaine. *(À éviter pour les dépressifs et les anxieux en tous genres qui risquent de sombrer encore plus. Pour les autres je vous conseille de voir le tableau "l'araignée qui pleure" car après l'avoir vu, tout le reste vous paraîtra beau et souriant.)*

Je m'impatientai un peu, je n'étais pas là pour des cours sur les œuvres de ce peintre, mais je ne disais mot, le client est roi ! Je la relançai une fois qu'elle eut fini son exposé.

— Et ensuite ?

— Et bien ensuite, il a raccroché le tableau, j'ai pris les photos que tu as vues puis nous sommes sortis de la pièce. Je me rappelle que nous avons discuté un peu devant la porte avant qu'il ne descende les escaliers et qu'il ne parte. Il devait être quatre heures moins le quart.

— Bien. Après cette expertise tu n'as pas fermé la porte à clé ?

— Non, et j'en suis sûre, puisque je voulais y retourner en fin d'après-midi après le départ du notaire et de toute façon je ne la laisse souvent ouverte dans la journée.

— Tu as vu Amédée sortir de la maison ?

— Oui, par sécurité, j'accompagne toujours du regard les personnes qui sortent, c'est pour vérifier que la porte d'entrée se ferme bien derrière eux.

— Donc, il sort de la maison et après qu'as-tu fait ?

— Après, je suis retournée travailler dans mon bureau avec le notaire jusqu'à ce que Laetitia m'appelle de nouveau, le chef jardinier voulait me voir pour avoir mes directives sur les nouvelles plantations. Les jardiniers sont au travail dans la propriété depuis plus d'une semaine pour un grand nettoyage et j'en ai profité pour leur demander quelques modifications paysagères. Tu as vu, j'ai fait changer tout le décor floral du parterre devant le perron, c'est beaucoup plus beau maintenant, tu ne trouves pas ?

C'était reparti sur des digressions qui ne m'avançaient guère, je répondis poliment.

— Oui c'est plus fleuri et plus harmonieux.

Et avant qu'elle entame la liste des fleurs et arbustes qu'elle avait prévu de faire planter, je poursuivis mon interrogatoire, lui coupant l'herbe sous le pied. *(Ça s'imposait)*

— Quelle heure était-il quand tu es allée voir les jardiniers et à peu près combien de temps es-tu restée avec eux ?

— Laetitia m'a appelée un peu après seize heures trente et je suis restée dehors avec eux une bonne trentaine de minutes. Ensuite je suis retournée finir de travailler sur les documents que le notaire avait préparés. Une fois les documents validés, il est parti vers cinq heures trente, je l'ai salué à la porte du bureau et je l'ai regardé sortir lui aussi. D'ailleurs, j'ai vu Laetitia sortir au même moment, elle était habillée et portait son panier en osier pour faire les courses.

— Tu es retourné à ton bureau après avoir vu le notaire sortir ?

— Oui, je suis restée une bonne dizaine de minutes le temps de ranger les documents et mes affaires puis je suis retournée à la "pièce des collections". C'est à ce moment-là que j'ai vu que la porte était fermée, cela m'a étonnée car j'étais certaine de l'avoir laissée ouverte. J'ai tourné la poignée et je me suis rendu compte qu'elle était fermée à clé. Interloquée, je suis allée chercher ma clé dans le tiroir où je la range habituellement mais elle n'y était pas. Pensant que je l'avais égarée, j'ai pris le double et je suis allée à la porte pour l'ouvrir mais c'était impossible, je n'arrivai pas à faire entrer la clé dans la serrure. J'ai appelé ton oncle mais lui aussi n'a pas réussi à l'ouvrir. C'est à ce moment qu'on a décidé de t'appeler.

— Mais en remontant de ta discussion avec les jardiniers tu n'as pas vu, en passant devant, que la porte de la "pièce des collections" était fermée ?

— Non, je n'y ai pas fait attention.

— Tu sais où était Tonton durant tout ce temps-là.

— Comme d'habitude, il était devant sa télévision et hier il y était avec Julien.

— Ah oui, c'est vrai, j'avais oublié que Julien était là. À quelle heure est-il arrivé ?

— Il est arrivé vers dix heures et il a passé tout son temps à regarder la télévision avec son grand-père et il est parti en fin d'après-midi mais je ne sais pas à quelle heure, tu demanderas l'heure exacte à ton oncle.

Je relus mes notes.

— Bien, c'est tout pour le moment, j'ai noté tout ce que tu m'as dit. Peux-tu prévenir Laetitia, Marthe, le notaire, les jardiniers et Julien que tu m'as demandé de faire une enquête et que, donc, je leur poserai des questions sur ce qui s'est passé hier après-midi. Je pense qu'en les interrogeant, j'arriverai peut-être à déterminer dans quelle plage horaire le tableau a été volé.

— Oui, d'accord, je les préviens tout de suite pour qu'ils ne s'étonnent pas de tes questions. Mais tu ne veux pas que je prévienne Amédée aussi ?

— Non, il a toujours été avec toi à ce que tu m'as dit, il ne pourra pas me donner plus de détails.

— Ah oui, c'est vrai.

— Bien. Quand tu vas les prévenir, peux-tu les informer que ce sont des "monte-en-l'air" qui ont fait le coup afin qu'ils ne croient pas que nous les soupçonnons et qu'ils répondent sereinement à mes questions.

— Oui, si tu veux, c'est une bonne idée.

— Bon, je vais aller voir Tonton, il est dans le salon télé, c'est là que je lui ai dit bonjour.

— Le pauvre, il a pris un coup de vieux ton oncle et il ne fait plus grand-chose de ses journées, il est toujours à regarder sa télé ou à errer dans le parc. Elle regarda l'heure, « si tu veux, tu peux rester déjeuner avec nous pour poursuivre ton enquête cet après-midi, il suffit que je prévienne Marthe. »

— D'accord, ça me convient et je me levai pour descendre voir Tonton.

Il était toujours devant la télé mais cette fois, il était en contemplation devant un reportage sur une des îles de la Polynésie française dans le Pacifique sud, à Moorea exactement, une petite île paradisiaque proche de Tahiti. Je m'assis à côté de lui sans même qu'il s'en aperçoive et profitai quelques minutes de ces paysages merveilleux, des eaux turquoise baignant le sable blanc, des cocotiers majestueux penchés au-dessus de l'eau, de ces poissons multicolores filant entre les coraux et des jolies vahinés se trémoussant au rythme endiablé du ukulélé. Quelle destination de rêve ! *(Petit bonjour aux amis des antipodes)*

L'émission prit fin et Tonton m'aperçut enfin, assis à côté de lui.

— Tu es là depuis longtemps ?

— Non, cela fait juste quelques minutes, j'ai profité de la fin de ton reportage pour rêver avec toi.

— Oui c'est vraiment beau, nous y sommes allés plusieurs fois et nous en avons de merveilleux souvenirs. Mais je me doute que tu n'es pas là pour regarder la télé avec moi et faire des commentaires sur ces paysages enchanteurs.

— Non bien sûr, je viens te raconter ce que m'a dit la police hier soir.

Je lui narrai mon entrevue et lui fis part de la conclusion de l'inspecteur de police.

— C'est un nigaud ! Comment des "monte en l'air" arriveraient à atteindre la fenêtre avec les murs lisses que nous avons maintenant, c'est du grand n'importe quoi !

— Je suis d'accord avec toi, Tata non plus ne croit absolument pas en cette conclusion et elle voudrait bien savoir ce qui s'est réellement passé. Maintenant que j'exerce la profession de détective privé, elle m'a engagé pour que j'essaie de trouver de quelle manière le voleur a fait pour s'introduire dans la maison sans être vu.

— Ah oui ! C'est une très bonne idée, je n'y aurai pas pensé. Alors comment vas-tu débuter ton enquête ?

— Il faut d'abord que je détermine à quel moment le vol a eu lieu, c'est pourquoi il faut que j'interroge tous ceux qui étaient présents hier. J'ai commencé par questionner Tata et si tu veux bien, c'est ton tour maintenant.

— Vas-y, Gil, j'ai tout mon temps !

Je dégainai mon fameux petit calepin, prêt à écrire.

— Dis-moi ce que tu as fait hier après-midi, avec tous les détails si possibles.

— Oh ! c'est simple, je suis resté toute l'après-midi à regarder à la télé des matchs de foot que j'avais enregistrés et devant mon étonnement « Tu sais, maintenant avec l'âge, je m'endors devant la télé et les matchs finissent trop tard quand ils sont diffusés en direct. Comme je n'arrivais jamais à voir le coup de sifflet final, j'ai trouvé la solution et depuis quelques mois je les enregistre pour les regarder quand je veux »

— Tata m'a dit que tu étais avec Julien à regarder la télé ?

— Oui, c'est vrai. Cela arrive de temps en temps quand il n'a pas cours et qu'il est là à ne rien faire, il vient passer quelques heures avec moi devant la télé.

— Tu te rappelles à quelle heure vous avez commencé à regarder les matchs ?

— Ben, euh… Je ne sais pas trop. Nous avons démarré le visionnage des matchs en fin de matinée quand il est arrivé et nous y sommes retournés aussitôt après la fin du déjeuner.

— Tu es sorti de la pièce dans l'après-midi ?

— Non, j'y suis resté tout le temps.

— Et Julien est sorti ?

Je le voyais réfléchir.

— Oui, dans l'après-midi, il est allé nous chercher de quoi grignoter, nous avions une petite faim et une grosse soif.

— Mais il y a un frigo ici, pourquoi sortir ?

— Il a regardé dedans mais il voulait manger plus consistant que les babioles trouvées dans le réfrigérateur et surtout il n'y avait plus de bière ici.

— Vers quelle heure est arrivée cette petite faim ?

Il réfléchit encore une fois.

— Je ne sais pas, contrairement à ta tante, je ne regarde pas constamment ma montre ou la pendule. Je pense qu'il devait être aux environs de quatre heures.

— Combien de temps est-il sorti ?

— Encore une fois, je ne sais pas trop, une dizaine de minutes peut-être.

— Et dans l'après-midi, il n'est plus ressorti ?

— Euh … Si, je crois qu'il est sorti une deuxième fois ... C'était peut-être pour aller chercher quelque chose qu'il avait oublié dans la cuisine, je ne me rappelle plus très bien, je m'étais assoupi.

— C'était longtemps après avoir été chercher votre goûter ?

— Il me semble que c'était après que nous ayons fini de manger mais c'est sans conviction parce que je ne suis même plus sûr que cela se soit passé ce jour-là. Tu sais, je perds de plus en plus la tête et maintenant dans mes souvenirs je mélange les jours.

— Cela ne fait rien, dis-moi ce dont tu te souviens, ça sera très bien. Vers quelle heure avez-vous terminé de regarder vos matchs ?

— Ça, c'est facile, nous avons regardé la télévision jusqu'à ce que nous entendions sonner à la porte d'entrée. Il était dix-sept heures quinze exactement, là je me rappelle bien, j'ai regardé ma montre. Julien m'a dit qu'il ne serait pas étonné que ce soit son père qui a l'habitude d'arriver en avance, alors qu'ils n'avaient rendez-vous ensemble qu'à dix-sept heures trente. Julien s'est levé du fauteuil et est allé vérifier, c'était bien Louis.

Louis, le fils cadet de Tonton, était le père de Julien. C'était avec lui que j'avais fait les quatre cents coups quand nous étions gamins, il avait été un grand frère pour moi à cette époque mais depuis on ne se voyait plus et nous ne nous rencontrions qu'aux grandes occasions familiales et malheureusement il y en avait de moins en moins.

— Pourquoi avaient-ils rendez-vous ensemble ?

— Louis avait besoin d'un coup de main pour charger la voiture avec l'ancien matériel de jardinage qui restait dans la remise au bout du parc et que nous n'utilisons plus depuis que nous faisons appel à une entreprise spécialisée. Il y a quelques semaines, il avait déjà emporté toutes les échelles et tous les vieux bidons et sacs de produits qui restaient et hier, il n'avait plus que les tondeuses et l'outillage à prendre.

— Ils sont partis aussitôt ?

— Oui, ils avaient prévu de regagner dans la soirée leur maison de campagne en Bretagne afin d'y apporter tout ce matériel.

— Tu te rappelles autre chose, même si cela ne semble pas important pour toi, j'aimerais avoir le plus possible de détails ?

Il mit de nouveau son cerveau au travail. Maintenant, lorsqu'il essayait de se souvenir de quelque chose, il fronçait les yeux en regardant au sol durant plusieurs secondes et on se doutait que ça moulinait sec là-dedans. Et quand enfin il trouvait, il relevait la tête avec un grand sourire pour nous donner le résultat de ses recherches dans les méandres de son cerveau. C'est ce qu'il fit, tout heureux d'avoir trouvé quelque chose à rajouter.

— Je me souviens qu'au moment où j'ai accompagné Julien à la porte pour embrasser Louis qui venait d'entrer, j'ai croisé Laetitia qui lui avait ouvert et je lui ai demandé d'aller me chercher des médicaments que nous avions commandés à la pharmacie.

Ça n'avait pas une importance extrême, mais il était content de s'être rappelé cet évènement.

— Tu te souviens de beaucoup de choses en fin de compte !

— Oui, je suis moi-même étonné, c'est rassurant en fin de compte, mon Alzheimer n'a qu'à bien se tenir.

— Bon, j'ai tout noté, merci Tonton. Si j'en ai besoin pour l'enquête, je viendrai te poser de nouvelles questions.

— D'accord. Alors Gil, tu as déjà une idée comment le voleur a pu pénétrer dans la maison alors qu'il y avait des allées et venues à l'intérieur et à l'extérieur ?

— Je ne vois pas, mais c'est peut-être une des personnes qui étaient dans la maison qui a fait le coup ?

— Dans la maison ? Non, ce n'est pas possible, ta tante avait rendez-vous hier avec le notaire et Amédée, ils sont au-dessus de tous soupçons !

— Et les autres ?

— Tu rigoles ! Julien était avec moi et nous avons une confiance absolue en Laetitia et Marthe et tu ne crois pas que si elles avaient voulu voler quelque chose, elles l'auraient fait depuis longtemps !

— Oui, c'est vrai, tu as raison, ce n'était qu'une idée un peu simpliste, je le reconnais.

Il regarda sa montre.

— Il est bientôt l'heure de déjeuner, je vais prévenir Marthe que tu déjeuneras avec nous.

— Ce n'est pas la peine, Tata m'a déjà invitée et elle a certainement déjà prévenu Marthe.

— Bien. Si tu veux, tu peux attendre l'heure du déjeuner en restant avec moi, ma montre me préviendra. Regarde, et en me montra fièrement son avant-bras où il y avait une énorme montre avec des tonnes de boutons tout autour d'un gros cardan ressemblant à un hublot de transatlantique, « j'ai acheté cette nouvelle montre que j'ai fait régler pour qu'elle me prévienne d'un petit bip à l'heure des repas. Comme tu vois, nous avons encore du temps avant qu'elle sonne, va dans le bar et sers-nous un apéritif, il doit aussi y avoir un paquet de chips et de petits gâteaux apéritifs que tu pourrais nous apporter. »

Je ne me fis pas prier et allai au bar pour servir deux bons verres de Lágrima blanc, l'apéritif préféré de Tonton. Je les apportai sur la table basse avec les quelques amuse-gueule demandés et pendant les quelques minutes qu'il nous restait, on dégusta ce bon vin portugais.

Au premier bip de la montre de Tonton, on se leva comme un seul homme et on se retrouva à table avant même d'entendre le second, la pause déjeuner étant sacrée ici. *(Je profite beaucoup de mes écrits pour assouvir ma passion d'être à table, allez chercher vos comprimés d'Alka-seltzer ou de citrate de bétaïne, vous allez en avoir besoin en lisant cette aventure.)*

Le chapitre 4 où la valse des heures continue.

Après le déjeuner et pour finir en beauté le bon et copieux repas servi par Marthe, *(c'est autre chose que le dîner servi hier soir et je peux vous dire que cela vaut toujours le coup de rester manger chez eux le midi, Marthe étant un véritable cordon bleu)* je m'installai confortablement avec Tonton dans la salle télé pour boire un bon petit café, accompagné d'un petit verre de cognac, un Camus de l'île de Ré, c'était une façon des plus agréables d'attendre la prise de service de Laetitia pour poursuivre mes interrogatoires de la maisonnée.

À l'heure prévue, Laetitia reprit son travail et je la retrouvai à l'étage dans la "partie nuit" où elle faisait le ménage dans le vestibule attenant aux chambres. C'était une pièce meublée pareil à un petit salon, deux fauteuils, un petit canapé et une table basse pour le confort, un guéridon, un miroir et un tableau pour le décor.

En me voyant arriver, elle me sourit.

— Je sais, vous avez des questions à me poser, votre tante m'a prévenue.

— Oui, elle m'a demandé, en tant que détective privé *(j'aime bien, il y a du mystère et de l'aventure rien qu'en annonçant cette profession)*, de mener une enquête pour essayer de comprendre comment son tableau a disparu.

— Je ne savais pas que vous étiez détective privé, elle vient juste de me l'apprendre, mais pourquoi faire une enquête ? Puisqu'elle m'a dit que la police avait conclu que c'était des "monte-en-l'air".

— Oui c'est certainement ce genre de voleur qui a fait le coup mais vous savez comment elle est. Maintenant, elle a peur pour sa sécurité et voudrait bien comprendre de quelle manière cela a pu arriver pour prendre des dispositions afin d'éviter que ça se reproduise.

— Je comprends mieux. Asseyons-nous, nous serons mieux que de rester debout et joignant le geste à la parole, elle s'assit sur un fauteuil, mais en restant juste au bord, le dos bien droit. « Que voulez-vous savoir ? »

Pour ma part, je m'assis confortablement dans le petit canapé et sortis mon petit calepin.

— En premier, donnez-moi vos jours et horaires de service, j'ai oublié de les demander à ma tante.

— Du lundi au vendredi de huit heures trente à onze heures et de quatorze heures à dix-neuf heures avec une pause d'une demi-heure à seize heures et je suis de repos tous les week-ends.

— Marthe est de repos tous les week-ends aussi ?

— Oui, le week-end c'est une voisine qui vient leur servir les repas que Marthe prépare le vendredi.

— Quand il y a des réceptions ou des dîners, c'est vous qui faites le service ?

— Oui, en général, Madame les programme suffisamment longtemps à l'avance pour que nous prenions nos dispositions. À ces occasions, Marthe et moi faisons des heures supplémentaires.

— Alors, c'est vous deux qui étiez chargés de faire le service pour la réception de mardi ?

— Oui, c'était un dîner, Marthe a préparé le repas dans la journée et nous avons fait le service ensemble toute la soirée.

— Maintenant, dites-moi exactement ce que vous avez fait hier après-midi, avec les heures, si possible.

— Ce n'est pas compliqué, j'ai commencé mon travail comme tous les après-midi à quatorze heures. Je suis allé dans la salle à manger pour finir le nettoyage et ranger toute la vaisselle utilisée lors du dîner du mardi soir que Marthe avait passée au lave-vaisselle, c'est pourquoi j'avais beaucoup de rangement à faire.

— Il y avait tant d'invités que ça ?

— Non, mais pour ces occasions, votre tante aime bien mettre les petits plats dans les grands et c'est pourquoi nous sortons beaucoup de vaisselle lors de ces dîners.

— Et pour les horaires ?

— Je suis restée dans la salle à manger jusqu'à ma pause de seize heures que j'ai prise comme d'habitude dans la cuisine, puis j'ai repris à seize heures trente mon nettoyage et mes rangements. Vers dix-sept heures trente, je suis sortie faire des courses. À mon retour, vous étiez arrivé et j'ai fini mon service quelques minutes plus tard quand vous étiez dehors à faire le tour de la maison.

— Vous n'avez pas bougé de tout ce temps de la salle à manger ?

— Si, j'ai fait des allers et retours dans la cuisine pour y rapporter les plats, les assiettes et couverts qui

avaient été lavés et que je devais ranger dans le vaisselier.

— Vous souvenez-vous à qui vous avez ouvert durant cet après-midi ? Merci d'essayer de vous rappe-
ler les heures auxquelles les gens sont arrivés et re-
partis.

— Oui, je m'en souviens bien. En arrivant, j'ai fait
entrer le notaire, Maître Jean Tourloupe, qui arrivait
en même temps que moi et j'ai tout de suite prévenu
Madame de son arrivée. Plus tard, vers quinze
heures, Monsieur Amédée Pant, l'expert en œuvres
d'art est arrivé, il avait rendez-vous lui aussi avec
votre tante. Je l'ai vu partir aux alentours de quinze
heures quarante-cinq. Il était seize heures quarante
quand les jardiniers ont sonné pour parler avec votre
tante des aménagements paysagers, elle est sortie
avec eux pour voir les travaux du terre-plein central
devant l'entrée et elle est remontée travailler dans
son bureau à peu près trente minutes plus tard. À
dix-sept heures quinze, je suis allé ouvrir au père de
Monsieur Julien qui venait le chercher, j'ai vu Monsieur Julien sortir du salon télé suivi de votre oncle
qui est allé embrasser son fils Louis et c'est à ce moment-là que votre oncle m'a demandé de lui faire
quelques courses. Après m'être habillée et avoir pris
mon panier de courses pour aller chercher ses médicaments, je suis sortie. Le notaire qui avait fini son
travail est sorti au même moment.

— Bravo, vous vous souvenez bien de tout ce qui est
arrivé et avec les heures de chaque évènement !

— C'est facile, j'étais juste en face du hall et de toute façon c'est moi qui vais ouvrir quand des visiteurs sonnent à la porte. Pour les horaires, il y a une grosse horloge au-dessus du vaisselier de la salle à manger et une pendule dans la cuisine. Madame est pointilleuse sur les horaires et Monsieur veut que nous respections bien les heures des repas qu'il a fixées, c'est pour cela que Marthe et moi avons toujours un regard vers les horloges et pendules de la maison et il y en a partout.

— Avez-vous vu du passage dans le hall en dehors de ceux que vous avez fait entrer ?

— Oui, j'ai vu passer Monsieur Julien qui sortait du salon télé, il a fait un aller et retour à la cuisine pour y chercher un plateau chargé de bouteilles de bière et d'assiettes pleines de charcuteries, c'était quelques minutes avant de prendre ma pause à la cuisine.

— Pendant votre travail, avez-vous entendu des conversations ?

— Oui, j'ai entendu Madame. C'est souvent qu'elle parle fort quand elle est au téléphone ou quand elle discute avec une personne dans son bureau mais de la salle à manger au rez-de-chaussée où j'étais, on ne comprend pas ce qui se dit.

— Il y avait des fenêtres ouvertes dans les pièces au rez-de-chaussée ?

— Non aucune, Madame déteste les courants d'air et les changements brusques de température et c'est pour cela que nous n'ouvrons jamais les fenêtres. De temps en temps, quand je fais le ménage, j'aère la pièce où je suis mais je ferme aussitôt après.

— La porte d'entrée a toujours été bien fermée ?

— Oui. Elle a un ferme-porte hydraulique qui la referme automatiquement et ce n'est pas possible de l'ouvrir de l'extérieur sans avoir la clé.

— Vous avez accès à la "pièce des collections" ?

— Oui, j'y entre pour faire le ménage quand Madame le demande, c'est le lundi en général qu'elle veut que je la nettoie.

— Vous y être entré ce lundi pour faire le ménage ?

— Oui j'y ai fait le ménage en fin d'après-midi, Madame me l'avait demandé.

— Vous y êtes entrée par la suite ?

— Non, pas depuis lundi.

— Vous n'y êtes pas entrée mercredi ou jeudi matin par exemple, pour chercher de la vaisselle que des invités auraient pu laisser ? Je sais que certains y sont montés lors de la réception de mardi soir.

— Non, Madame ne me l'a pas demandé.

— Avez-vous remarqué s'il manquait une assiette ou des couverts ?

— Non, mais nous avons plusieurs services de table et de ménagères identiques et il manque déjà des pièces qui ont été perdues au fil du temps. Alors, une en moins, cela ne se verrait pas.

— Bon, très bien. Merci de vos réponses, cela va certainement m'aider dans mon enquête et en me levant « Je vais voir Marthe à la cuisine pour l'interroger à son tour ».

En se mettant debout, elle me dit.

— Vous ne pourrez pas la voir, elle a été appelée d'urgence. Encore une histoire avec son fils. Elle a prévenu Madame de son départ précipité, elle devrait revenir plus tard.

— Ça ne fait rien, je l'interrogerai en fin d'après-midi. Au revoir et bon courage.

— Merci, au revoir Monsieur Gil.

(Je sais, c'est un peu fastidieux de lire cette longue liste des allées et venues de chacun. J'essaie de vous donner le maximum de détails pour vous aider à découvrir par vous-même si une des personnes présentes avait eu la possibilité de commettre ce vol. Et je peux vous dire que ce n'est pas facile pour moi non plus de jongler avec tous ces horaires.)

Je descendis et allai à la recherche de Léon qui devait errer dans la maison depuis le départ de Marthe et je le retrouvai, traînant comme une âme en peine au milieu du salon.

— Allez, viens mon Léon, on va faire un tour dans le parc pour prendre l'air.

Il arriva en trombe, tout content de me retrouver et de sortir pour faire une balade dans cette immensité verte.

Le chapitre 5 passe au vert.

Arrivés dans le parc qui entourait la maison sur au moins un hectare, on s'enfonça dans la partie boisée et je montrai pour la énième fois à Léon les endroits où je m'amusais avec les cousins quand nous étions enfants. Là où nous avions fait une cabane dans un gros châtaignier ou la berge où nous allions pêcher la tanche et la carpe dans l'étang. Je lui fis découvrir à nouveau nos coins les plus secrets de la propriété, dont un, fameux, où dans de gros arbres, nous avions lancé des couteaux que nous avions pris à la cuisine et je lui fis remarquer que certains en gardaient encore les traces. On s'arrêta longuement à cet autre endroit sous les arbres où nous avions fumé nos premières cigarettes accompagnées de quintes de toux mémorables, c'étaient des Gauloises du paquet que nous avions dérobées au chauffeur. Je lui fis découvrir encore une fois ce lieu secret où nous nous retrouvions la nuit quand tous les adultes étaient couchés pour braver les fantômes et revenants de notre imagination, j'en avais encore des frissons en y repensant. Que de souvenirs à raconter. Ce qui était bien avec Léon, c'est que je pouvais lui raconter des dizaines de fois les mêmes histoires et lui montrer toujours les mêmes coins. Il était toujours à l'écoute et il penchait sa tête à droite ou à gauche pour me montrer l'intérêt qu'il portait à mes dires, c'est vraiment un bon pote mon Léon ! Que c'était agréable de marcher au milieu des arbres, d'entendre les oiseaux chanter, d'admirer les fleurs multicolores qui tapissaient encore les parterres, de marcher dans les feuilles mortes qui commençaient à tapisser le décor de leurs couleurs flamboyantes et de sentir ces odeurs végétales dans ce petit vent qui fouettait mon visage.

Je m'assis sur un banc face à l'étang, Léon sauta à côté de moi, se coucha et mis sa tête sur ma cuisse.

Tout en le caressant :

— Ça fait du bien de prendre un bol d'air, tu ne crois pas ? Il leva la tête et son regard me confirma qu'il était entièrement d'accord avec moi et qu'il savourait lui aussi ce moment.

Après avoir apprécié quelques gratouilles supplémentaires sur la tête, il se mit sur ses pattes et en guise de remerciement, me lécha consciencieusement l'oreille. Après cet échange de franche camaraderie, je me levai.

— Allez, mon Léon, ça suffit les câlins. Il faut que nous allions voir les jardiniers car ils sont restés à travailler devant la porte d'entrée toute l'après-midi d'hier, ils pourront certainement nous informer sur les allées et venues qu'ils ont remarquées.

Il sauta du banc, s'ébroua et se dirigea vers la maison. Lui aussi voulait en savoir plus.

(C'est pour soulager vos neurones que j'ai fait cette petite pause champêtre. Après vous avoir bien bourré le crâne depuis le début de cette enquête avec tous ces détails sur les horaires, les personnes présentes et les actions de chacun, j'ai vu que vous en aviez bien besoin.

J'espère que cette bouffée d'oxygène vous a requinqués parce que c'est loin d'être fini, mettez votre casque et bouclez bien votre ceinture de sécurité, nous y retournons !)

On retrouva les jardiniers toujours affairés et pliés en deux dans le terre-plein central à rajouter des fleurs et les petits arbustes commandés par Tata. Cette entreprise travaillait pour eux depuis deux ou trois mois et ne les connaissant pas vraiment, je ne savais pas à qui m'adresser dans cette équipe.

À la cantonade.

— Bonjour, messieurs, je peux vous questionner sur ce que vous avez vu hier après-midi ?

Le plus vieux se redressa.

— Bonjour, alors c'est vous le neveu de Madame. Elle m'a prévenu qu'hier, un de ses tableaux avait été volé et elle m'a averti que vous alliez nous interroger. Que voulez-vous savoir ?

Je sortis mon fameux calepin.

— Ma tante m'a dit que vous avez travaillé dans le parc toute la journée d'hier ?

— Oui, j'vous le confirme. Le matin, nous avons tondu le gazon autour de la maison jusqu'à midi et après le déjeuner à treize heures trente, on a tous travaillé sur le terre-plein face à la porte d'entrée.

— En travaillant devant la porte d'entrée toute l'après-midi, vous avez assurément vu toutes les personnes qui sont entrées et sorties de la maison. Vous en souvenez-vous ?

— Oui. Après que votre tante m'ait prévenu que vous alliez nous interroger sur les allées et venues d'hier, j'y ai réfléchi et questionné les gars. Il sortit un bout de papier de sa poche arrière. « J'ai tout noté là-dessus, mais désolé, nous n'avons pas retenu les heures exactes. »

— Ça ne fait rien. Dites-moi ce dont vous vous souvenez, je ferai avec.

Il prit ses lunettes attachées à un cordon autour de son cou et me fit la lecture.

— En début d'après-midi, environ une demi-heure après le début de notre travail, un très gros monsieur en costume froissé est arrivé au même moment que la bonne. Dans l'après-midi est arrivé un grand monsieur maigre et très bien habillé, avec des cheveux gris, qui est resté un peu moins d'une heure. Un peu plus tard, j'ai demandé à voir votre tante pour qu'elle nous donne ses instructions pour la plantation des nouvelles fleurs et arbustes qu'elle nous avait commandés, cela a duré environ une demi-heure puis elle est rentrée. Environ quinze minutes avant que nous ayons fini notre journée, un homme est arrivé en camionnette blanche et il est ressorti très vite avec Monsieur Julien. Ils sont montés dans la camionnette avec laquelle l'homme était arrivé et ils sont partis au fond de la propriété. Et pour terminer, le gros Monsieur est reparti à la même heure où nous avons terminé notre journée de travail, il était environ dix-sept heures trente.

— Les personnes qui sont sorties avaient des sacs ou des paquets qu'elles n'avaient pas en entrant ?

Il regarda les autres, mais personne ne mouftait, il continua.

— A priori non, si mes souvenirs sont bons, le gros bonhomme avait un gros attaché-case en entrant et il avait le même en sortant, le grand aux cheveux gris avait une minuscule sacoche, quant à Monsieur Julien il n'avait rien dans les mains quand il est sorti pour rejoindre la camionnette.

Un de ses ouvriers vint le voir et lui glissa quelques mots à l'oreille.

— Ah oui, il vient de me le rappeler. En fin d'après-midi, la petite bonne est sortie quasiment en même temps que le gros monsieur au costume froissé et elle avait un panier de courses au bras.

— Il était vide le panier ?

— Ça, je ne sais pas.

— Vous n'avez vu personne d'autre ?

— Non, personne.

— Et sur le côté où se trouve la cuisine, vous n'avez vu personne passer ?

— Le matin, une partie de l'équipe dont moi-même, nous y avons travaillé mais nous n'avons vu personne et l'après-midi, nous étions tous réunis ici dans ce parterre devant l'entrée et d'ici nous ne pouvons pas voir ce qui se passe sur les côtés de la maison.

— Dans l'après-midi, si quelqu'un venant du portail s'était dirigé vers ce côté de là de la maison, vous l'auriez vu ?

— Non pas obligatoirement. En arrivant du portail à pied, vous pouvez vous mettre à couvert sous les arbres, contourner la maison par le sud en longeant la terrasse et vous retrouvez côté cuisine sans être vu.

— Vous aviez des échelles sur votre camion ?

— Non, nous n'avions aucune échelle avec nous, puisqu'il n'y avait aucun élagage prévu.

Je notai le tout rapidement sur mon calepin.

— Bon, j'en ai fini de mes questions, je vous remercie d'avoir été aussi précis.

Je rentrai dans la maison et m'installai à la table de salle à manger pour mettre au propre mes notes prises à la va-vite car bien trop souvent, quand je laisse passer trop de temps avant de les relire, je n'arrive plus à me comprendre. Ce ne fut pas facile mais c'était encore suffisamment frais dans ma tête pour combler les insuffisances et retrouver la signification des mots illisibles que j'avais notés dans ces pages qui paraissaient remplies d'hiéroglyphes.

Marthe arriva peu de temps après, Léon se rua vers elle.

— Tu es là mon Léon et en me voyant dans la salle à manger, « Bonjour, Monsieur Gil, je prends Léon avec moi », c'était plus une affirmation qu'une question.

— Oui, il vous attendait avec impatience. Par contre, ne le nourrissez pas trop, sinon il va devenir obèse !

Elle se mit à rire.

— Mais, quand il est ici, il a trop faim et il va m'en vouloir si je ne le nourris pas.

— Faites au mieux alors. Je viendrai vous voir plus tard et je me replongeai dans mon décryptage.

Il est complètement fou le chapitre 6.

Alors que j'arrivais à la fin de la retranscription de mes notes dans une écriture plus lisible et dans des phrases plus compréhensibles, j'entendis une voiture arriver et s'arrêter devant la maison dans un long crissement de pneus dans les graviers. À n'en pas douter, c'était Julien qui débarquait.

Avant même d'avoir eu le temps de me lever de mon siège, d'un tour de clé il ouvrit la porte d'entrée et quatre à quatre gravit les escaliers pour aller directement vers le bureau où était Tata.

J'attendis dans le hall son retour. Là-haut, la discussion avec sa grand-mère avait l'air d'être assez tendue, je l'entendais de sa voix forte lui dire « non, cela suffit Julien » suivi de palabres interminables où chacun devait donner son point de vue. Je retournai m'asseoir dans la salle à manger en attendant la fin de leurs doux échanges verbaux, sans ne plus rien discerner de ce qu'ils se disaient.

Après un long moment, je l'entendis descendre les escaliers et quand il passa dans le hall, je l'interpellai avant qu'il ait eu le temps de sortir.

— Bonjour Julien.

Julien, c'était le gars "Brice de Nice", athlétique, tête de surfeur, cheveux blonds mi-longs, yeux bleus, sourire carnassier, il ne laissait personne indifférent et avait un certain succès auprès de la gent féminine. Il était en mode "je me fous de tout" et un peu rebelle sur les bords, du type "rolextionnaire" comme on en trouve dans les universités, prônant la révolution pour les autres tout en profitant largement de ses parents pour vivre confortablement sans se soucier du lendemain. Malgré ses discours "cheguevariens" qui ne bernaient personne, c'était un brave type et on s'appréciait mutuellement.

Il se retourna.

— Bonjour, Gil, il me semblait bien avoir vu ta vieille bagnole garée devant.

— Je sais, elle n'est pas toute jeune, mais tant qu'elle me transporte sans de grosses pannes, je la garde. Mais, ça tombe bien que tu arrives avant que je parte, je voulais te voir. Ta grand-mère m'a demandé…

Je ne pus aller plus loin, il me coupa la parole.

— Ne me parle pas de ma grand-mère, elle est de plus en plus radine ! Ils ont un max de fric et elle refuse de m'aider, alors que j'ai une super idée pour monter ma propre boîte !

— Je croyais que tu faisais des études à l'université ?

— Oui, mais en parallèle, je voudrais bien me lancer dans la création d'entreprise.

— Dans quoi veux-tu travailler ?

— Dans l'événementiel, j'ai de bonnes idées que je lui ai exposées, mais elle ne veut rien entendre.

— Pourquoi ne demandes-tu pas à ton père de financer ton projet ?

— Non, ce n'est pas possible, il ne veut plus entendre parler de mes désirs de création d'entreprise depuis qu'il a financé la société d'import-export que j'avais lancée l'année dernière et qui a malheureusement capoté quelques mois après et lui a fait perdre son argent.

— On le comprend. Mais pour ta grand-mère, je pense que si tu lui présentes un bon projet chiffré, elle t'aiderait certainement, c'est une femme d'affaires avant tout.

— Ouaip, me répondit-il avec un air dubitatif.

— Quoiqu'il en soit, je voulais te voir. Ta grand-mère s'est fait voler un tableau hier après-midi et elle m'a demandé de mener une enquête. C'est pourquoi, si tu as un peu de temps, j'aimerais bien que tu répondes à mes questions.

— Oui, elle m'en a parlé et elle m'a rappelé que tu étais détective privé. Mais maintenant que les flics vous ont dit que ce sont des "monte en l'air" qui ont fait le coup, je pense que ce n'est pas la peine d'aller chercher midi à quatorze heures et ce n'est peut-être pas nécessaire que tu fasses ton " inspecteur Gadget".

J'étais un peu contrarié de cette comparaison. *(Quoique l'inspecteur Gadget arrive toujours à gagner avec l'aide de Finot, son fidèle compagnon et Sophie, sa nièce. Vous voyez, je suis incollable sur mes illustres confrères.)*

— Oui, c'est sûr, mais tu la connais, elle veut des explications même quand la solution saute aux yeux. Maintenant qu'elle sait que des gens peuvent entrer chez elle en pleine journée sans que personne ne s'en aperçoive, tu te doutes bien qu'elle ne se sent plus du tout en sécurité dans cette maison. L'idée c'est d'essayer de comprendre de quelle manière le voleur s'y est pris.

— Elle m'a dit que tu as trouvé une fenêtre ouverte, tu sais donc comment le gars a fait pour entrer et sortir !

— Oui, peut-être, mais elle m'a assuré ne pas l'avoir laissée ouverte, alors je vais essayer de déterminer à quelle heure le vol a pu avoir lieu pour voir s'il y a une autre explication. C'est pourquoi je veux interroger tous ceux qui étaient présents hier après-midi

— Bon OK. Tu veux que je te raconte ma journée d'hier, si j'ai bien compris ?

— Oui, et si c'est possible avec tous les détails.

— Pour tout dire, je n'ai pas fait grand-chose. En ce moment je n'ai pas beaucoup de cours à l'université et pas de révisions à faire, alors j'ai glandé toute la journée ici. Je suis arrivé vers dix heures, j'ai salué grand-mère puis j'ai passé le reste de la journée avec grand-père dans le salon télé où nous avons regardé les matchs de football qu'il avait enregistrés. Matchs que nous avons continué à regarder après le déjeuner jusqu'à ce que mon père vienne me chercher à dix-sept heures quinze, il était en avance comme d'habitude sur le rendez-vous qu'il m'avait donné à trente. Tu connais mon père, il ne veut jamais être en retard, ce qui fait que partout où on va, on est toujours en avance.

— Et alors, qu'avez fait tous les deux ?

— Nous sommes aussitôt sortis pour aller à la remise au fond du parc où nous avons chargé la camionnette de location avec le vieux matériel de jardinage que les grands-parents lui ont donné et nous sommes partis tout de suite en Bretagne dans la maison de campagne de mes parents pour y déposer tout ce fatras. J'y ai passé la nuit et je suis rentré chez moi dans la matinée.

Tout en notant rapidement ses réponses sur mon petit calepin :

— Tu es sorti du salon télé dans l'après-midi ?

— Oui, je suis sorti pour aller chercher un casse-croûte à la cuisine, nous avions une petite faim grand-père et moi.

— As-tu une idée de l'heure qu'il était ?

— Un peu avant quatre heures, je crois.

— En allant à la cuisine, tu as croisé quelqu'un ?

— En passant, j'ai vu que Laetitia travaillait dans la salle à manger et j'ai parlé à Marthe dans la cuisine le temps qu'elle me prépare le plateau. Sinon je n'ai croisé personne.

— As-tu vu les jardiniers dehors quand tu es arrivé ?

D'un coup, sans même me répondre, il regarda sa montre.

— Oh ! Je n'ai pas vu l'heure tourner mais il se fait tard et je dois partir, j'ai un rendez-vous d'affaires.

Il réfléchit un peu en me regardant.

— Allez, viens avec moi, on finira notre conversation en chemin, je n'en ai pas pour très longtemps et tu seras de retour en fin d'après-midi.

J'hésitai à l'accompagner, je redoutai surtout ce qui pouvait se passer après son rendez-vous car je savais qu'il était un fêtard, ce qui n'était pas mon cas. Mais, voulant avoir rapidement tous les détails de l'après-midi du vol, je me suis dit que même si on prenait un verre ou deux après, je perdrai moins de temps à le suivre que de trouver une autre occasion de l'interroger.

— OK, je viens avec toi, je préviens tes grands-parents de notre départ et vais voir Marthe pour lui demander de garder Léon pendant notre absence.

— D'accord, mais grouille-toi, il est déjà tard pour mon rendez-vous, je t'attends dans ma nouvelle voiture, tu vas voir, c'est une petite bombe, tu vas être ébahi.

J'allai rapidement saluer les deux vieux pour leur annoncer mon départ puis je filai dans la cuisine. La première chose que je vis, c'est sa grosse tête une nouvelle fois plongée dans une gamelle de nourriture *(Léon bien sûr, pas Marthe, vous êtes des petits marrants)*. Léon, quand il était ici, ne faisait que bâfrer à s'en faire péter la panse. Je cherchai Marthe dans ce dédale de meubles en inox reluisant, la pièce était immense et il y avait tout le matériel que l'on trouve habituellement dans la cuisine d'un restaurant. Je la trouvai au fond installée à une petite table en train d'éplucher des légumes tout en sirotant un café. Quand elle me vit, elle se leva prestement et me dit.

— Je vous fais un petit peu de place pour vous servir un petit café, il est tout chaud et avant même d'attendre ma réponse, elle poussa sur le côté le journal plein d'épluchures, le cendrier et le verre d'eau qui la gênaient et me remplit une tasse.

— Merci, je ne reste pas, je venais juste vous demander de garder Léon jusqu'à mon retour, je pars avec Julien.

— Pas de souci. Mais si vous partez avec Monsieur Julien, vous n'êtes pas près de rentrer.

— Oui j'en ai bien peur. Je bus rapidement le café offert « si je ne suis pas de retour avant votre départ, laissez Léon dans le hall à m'attendre ».

— D'accord, bonne soirée !

Rassuré sur les conditions de garde de mon Léon, je sortis de la maison rejoindre Julien qui m'attendait au volant de sa nouvelle voiture.

Il conduisait toujours de luxueux coupés sport qu'un de ses amis garagiste avec qui il traficotait lui prêtait et il en changeait régulièrement, mais là, je restais bouche bée en la voyant, et pour cause, c'était la voiture de mes rêves, une Porsche 911 ! Pas le dernier modèle d'accord, mais une belle, une très belle occasion. Elle était grise, intérieur cuir beige, je caressai la carrosserie en suivant ses formes galbées, ouvris la lourde porte et m'installai dans le siège "baquet" du passager. Malgré ses quelques années, l'intérieur était impeccable et l'habitacle sentait encore un peu le cuir. Et pourtant, c'est cette horrible odeur des fines cigarettes américaines, des "Virginia slims" que Julien fumait qui avait déjà pris possession de sa nouvelle voiture. Il était bien le seul à fumer cette marque dans la région et il s'en était fait un genre pour se démarquer.

Un coup d'œil à l'arrière me confirma qu'il n'avait pas changé, il était aussi peu soigneux que moi. Sur les deux tout petits sièges qui faisaient office de places arrière traînaient des journaux, des magazines, des cartouches de cigarettes, des catalogues de voyages, des vêtements, des bouteilles vides et tout un tas de choses que l'on ne trouve jamais dans une voiture. Il s'impatientait et me demanda de mettre rapidement ma ceinture de sécurité. En attendant que je m'exécute, il donnait de grands coups d'accélérateur et l'aiguille du compte tours central battait la mesure. Le bruit des échappements était envoûtant, un son rauque et félin en émanait, ce n'était que du plaisir.

Je bouclai ma ceinture de sécurité et Julien, avec un large sourire de contentement, enclencha la boîte automatique, démarra dans un nuage de graviers et se dirigea à vive allure vers la sortie. Le portail se rapprochait à une vitesse délirante, je m'accrochai à la poignée de la main droite, agrippai de la gauche le tableau de bord et serrai les fesses comme jamais. On passa le portail à la vitesse d'une balle de carabine et d'un coup sec de volant, il fit déraper l'arrière de la voiture et nous nous retrouvâmes alignés sur la route. Il enfonça encore plus fort l'accélérateur. La voiture fit un bon en avant ce qui me projeta au fin fond de mon siège. J'étais mort de peur. Impossible de lui parler, il était concentré dans sa conduite et je voulais qu'il le reste. Il prenait tous les virages dans des crissements de pneus et nous passions tous les carrefours comme si nous étions les seuls sur la route, un vrai danger public. Je m'accrochai désespérément à ce que je pouvais et dans des mouvements incontrôlés, mon pied mimait bêtement des freinages à chaque virage et intersection. Les coups de klaxon rageurs des autres conducteurs m'indiquaient que je n'étais pas le seul à trouver sa conduite dangereuse, j'étais tendu comme un string et j'avais le sentiment que ma dernière heure était arrivée. On arriva en ville mais ça ne le ralentit pas plus et dans les rues du centre on roulait tellement vite que j'avais l'impression d'être entre deux murailles, tant les immeubles de chaque côté de la rue étaient indissociables.

Le temps me parut extrêmement long avant que, d'une longue glissade, il stoppa la voiture le long d'un trottoir. Il tourna de sa main gauche la clé de contact et il me dit :

— Nous sommes arrivés. Il me regarda et dans un éclat de rire, « tu es tout pâle, tu n'as pas eu peur quand même ? »

Je me désincarcérai lentement de mon siège essayant de remettre en mouvement mes muscles encore tétanisés de peur. Avant de sortir de la voiture, je regardai ma tête dans le miroir du pare-soleil, c'est vrai, je n'étais pas beau à voir, j'hésitai entre le vert et le jaune pour définir la couleur de mon visage. J'ouvris péniblement la portière et me mis debout en m'agrippant à elle et malgré ma gorge sèche je pus lui répondre.

— Mais non, tu te doutes bien que je n'ai pas eu

peur ! Et tentant maladroitement d'expliquer ma pâleur cadavérique, « c'est mon déjeuner qui ne passe pas ».

— Tant mieux, mais tu n'es pas beau à voir. Allez, suis-moi, nous allons faire une partie de poker.

— Quoi ? C'est ça ton rendez-vous d'affaires, une partie de poker ? Je comprends pourquoi tu as besoin d'argent !

Nous étions au bas d'un très vieil immeuble du centre-ville.

— Et en plus là-dedans, en lui montrant le vieux bâtiment décrépi, « tu es sûr que tu ne t'es pas trompé d'adresse ? »

Il se mit de nouveau à rire et poussa la porte de l'immeuble.

— Non, c'est bien là. Si on ne connaît pas, on ne peut pas imaginer qu'il y a un tripot clandestin !

— De mieux en mieux !

— Viens, tu vas voir, on va bien s'amuser.

Il entra dans l'immeuble sans hésiter. Je lui emboîtai le pas avec réticence, redoutant ce qui pouvait arriver en compagnie de cet énergumène mais je n'avais pas beaucoup d'autres choix que de le suivre. Après avoir gravi les marches jusqu'au palier du premier étage, il sonna à une lourde porte blindée. Une petite trappe s'ouvrit en plein milieu et le visage d'un gros moustachu peu engageant s'y encadra de la même façon qu'une speakerine le faisait dans la lucarne du téléviseur du temps de l'ORTF *(bon, je sais, j'ai des références d'un autre temps !)*

— Que voulez-vous ?

— Salut Gino, on peut entrer ? lui demanda Julien.

La speakerine moustachue le dévisagea.

— Oui, tu as de la chance, malgré l'heure tardive il y a encore de la place. Qui est-ce ? Et d'un mouvement de menton, il me désigna.

— C'est un cousin germain, ne t'inquiète pas, je réponds de lui.

— Il fait bien vieux ton cousin et en plus on dirait qu'il est malade. *(C'est toujours sympa à entendre)*

— Oui, c'est vrai qu'il fait plus vieux que son âge *(encore une petite couche les gars !)* mais pour sa couleur étrange, c'est son repas qui ne passe pas.

Après un rire gras, la doublure moustachue de Denise Fabre referma la petite trappe, il fallut dix bonnes minutes pour manœuvrer un nombre incalculable de verrous et de serrures. Dans ce laps de temps, Julien m'expliqua que c'était fait exprès au cas où il y aurait une descente de police. Le temps qu'ils ouvrent tous les verrous de la porte, ils avaient tout le temps de ranger et de cacher les éléments compromettants dans la salle de jeu et, paraît-il, de la même façon qu'une équipe de Formule 1 pour les arrêts au stand lors des changements de pneus, ils s'entraînaient régulièrement à tout cacher en un minimum de temps.

La porte s'ouvrit enfin. Un nuage de fumée de cigarette en profita pour aller prendre un bol d'air et s'évaporer plus loin. On pénétra dans un vestibule où le dénommé "Gino", un gaillard bien costaud qui n'avait plus rien d'une speakerine, nous fouilla avec des gestes rapides et professionnels. Après cet intermède douanier, il ouvrit une double porte et nous fit signe d'entrer. En s'avançant dans la salle, Julien salua un grand type costaud, genre armoire à glace, qui se tenait près de la porte, aussi immobile qu'un garde royal devant Buckingham Palace.

— Salut Gino, tu as l'air bien aujourd'hui !

Le gars ne broncha pas et ses larges lunettes noires empêchaient de voir son regard.

Je suivis Julien, la salle était spacieuse avec un bar tout en longueur sur le côté et de grandes tables de jeux qui prenaient toute l'espace restant. La tension était palpable. Assis autour des tables de poker, beaucoup de joueurs portaient de grosses lunettes de soleil et tous avaient le visage grave et anxieux de ceux qui ne sont pas là pour rigoler. C'était en fin de compte assez silencieux, on entendait juste les mots qu'il fallait pour le jeu. Il y avait cinq tables dont quatre étaient entièrement occupées, seule celle du fond avait des places libres.

Julien paraissait connaître tout le monde. Passant de table en table, il salua quelques joueurs par une tape sur l'épaule.

— Salut "Gino", puis à l'autre, bonjour à toi " Gino ".

Personne ne lui répondit, ils étaient trop absorbés par leur partie.

Je le rattrapai.

— Tu viens souvent ici ?

— Oui cela fait quelques mois.

— Et ils s'appellent tous "Gino" ?

— Mais non ! vu que je ne connais pas leurs noms, je les appelle tous "Gino".

C'était déconcertant cette explication mais c'était du Julien tout craché.

Ensuite il alla au bar où l'accueillit un barman maigrelet. Celui-ci avait la tête du gars qui a essayé toutes les boissons alcoolisées qu'il proposait et avec le tarin rouge qu'il avait, on se doutait qu'il devait avoir une descente que l'on n'aimerait pas remonter en vélo ! Julien le salua d'un « bonjour Gino, sers-moi comme d'habitude ». Sans un mot, le barman lui apporta une bouteille de whisky et deux verres, Julien me servit un verre et le temps que j'y trempe mes lèvres, il en but rapidement deux. Cela avait été très rapide, il avait une gestuelle bien cadencée, démontrant une belle habitude et une maîtrise parfaite du mouvement.

— Eh ! "Gino", tu mets ça sur mon compte, il prit la bouteille et son verre et se dirigea vers la table du fond.

Je pris mon verre et le suivis.

Il restait deux places pour compléter ce sextuor de joueurs *(n'y voyez rien de compromettant !)*

— Tu sais jouer au Texas Hold'em ? me demanda Julien.

— Heu …. Oui ! Enfin, je connais les bases.

— Alors assieds-toi, nous allons faire une petite partie.

Je pris une des chaises libres et saluai les autres joueurs d'un mouvement de tête, accompagné d'un sourire qui se voulait avenant mais aucun ne répondit.

Avant de s'asseoir à côté de moi, Julien glissa quelques mots dans l'oreille du croupier. Celui-ci appuya sur un bouton sous la table et aussitôt un petit bonhomme rondouillard ressemblant à s'y méprendre à BB-8, roula jusqu'à notre table. *(C'est pour les amateurs de "la guerre des étoiles", pour les autres... euh... c'est genre, grosse boule qui roule ... le mieux est de voir "Star Wars", épisode VII : le réveil de la force).*

BB-8 s'adressa directement à Julien.

— Tu nous dois déjà quelques patates et tu m'en redemandes ? *(Vous connaissez tous le cours de la patate ? Pas moi, je ne paie qu'avec de l'oseille !)*

— T'inquiète "Gino", tu me connais, à la fin du mois je te rembourserai avec les intérêts prévus ! Allez, file-moi encore trois mille balles.

La copie conforme de BB-8 hésita un moment puis roula jusqu'à la porte de la pièce d'où il était sorti, parlementa dix secondes avec quelqu'un à l'intérieur et revint aussi vite.

— OK, mais n'oublie pas, tu as intérêt à respecter ta parole, sinon... Et il glissa son pouce autour de son cou. La menace était claire.

— No souçaille ! lui dit Julien, « en plus je sens que ce soir j'ai la baraka. »

Avant de nous quitter, BB-8 fit un signe au croupier qui sortit de son tiroir une pile de jetons qu'il étala devant Julien.

Julien en prit quelques-uns qu'il poussa devant moi.

— Tu me rembourseras plus tard, Gil.

Je comptai pour savoir combien il m'en avait donné, il y en avait pour mille euros ! N'étant pas habitué à jouer avec des vrais joueurs de poker et encore moins avec du vrai argent, je commençai à ne plus trouver ça drôle.

Le croupier balança les cartes et on commença la partie. J'avais un mal fou à me rappeler les combinaisons des cartes et leur valeur et je constatai dépité que je n'étais vraiment pas doué à ce jeu, mais vaillamment j'essayai de participer au mieux.

Julien ne paraissait pas un très bon joueur non plus, cependant de temps en temps il arrivait à faire un bon coup et son tas de jetons était un peu plus gros qu'au début de la partie. Au bout d'un moment, je me rendis compte que j'étais le "poisson" pour les quatre autres *(un terme de poker pour le gars qui n'y connaît rien et que les autres ont décidé de plumer)*. Pour me mettre en confiance, ils me laissaient régulièrement gagner et mon tas de jetons grossissait doucement lui aussi. Ils attendaient patiemment le bon moment pour me dépouiller complètement.

La partie continuait, Julien fumait comme un pompier et ses horribles cigarettes empestaient toute la table mais surtout il buvait beaucoup et avait quasiment fini la bouteille de whisky qu'il avait pris au bar. D'un geste, il appela la serveuse courtement vêtue qui passait nonchalamment de table en table. Il lui demanda une nouvelle bouteille, qu'étonnamment, elle lui rapporta à pas de course. Il lui déposa quelques jetons sur son plateau en remerciement, cela devait être habituel chez lui et expliquait la soudaine vélocité de la dame enrésillée.

Julien jouait de plus en plus bizarrement et il semblait complètement ivre. Étant donné que j'étais juste à côté de lui, je me rendis compte que de temps en temps il faisait semblant de faire maladroitement tomber une carte sur ses genoux, mais en fait, il l'échangeait avec une carte qu'il sortait promptement de sa manche. Ce petit jeu ne dura qu'un temps avant que l'un des joueurs ne s'aperçoive de ses tours de passe-passe. Il se mit debout d'un bond, attrapa Julien par le col et lui mis une énorme baffe en l'injuriant. Julien, loin d'être aussi saoul qu'il n'y paraissait, se redressa promptement, mit un coup de boule au gars qui tomba à la renverse, ramassa d'un habile balayage du bras ses jetons qu'il mit prestement dans sa poche, mis un coup de pied dans sa chaise pour la balancer en direction de l'armoire à glace à lunettes noires qui arrivait et me cria.

— Barrons-nous ! Et il se mit à courir vers le bar.

Les autres joueurs étaient complètement figés d'incompréhension.

En moins de deux, je l'imitai. Je mis vite fait mes jetons dans ma poche et en me couchant presque sur la table, je réussis à mettre des coups dans toutes les piles de jetons des autres joueurs que je pouvais atteindre pour les envoyer valdinguer au sol, ensuite je pris ma chaise, la balança sur le groupe menaçant qui s'était formé et courus derrière Julien.

Je me retournai, la confusion était à son comble, tous les joueurs et croupiers étaient au sol pour ramasser les jetons, BB-8 était sorti de son bureau, suivi d'un vieux aux cheveux blancs qui avec une voix de crécelle criait des ordres à ses sbires. Le grand costaud après sa chute dans la chaise de Julien se releva en remettant ses lunettes qui étaient tombées et la speakerine moustachue arriva dans la salle. Aïe, aïe, cela devenait chaud bouillant.

Julien passa rapidement derrière le bar, bouscula facilement le barman décharné, ouvrit la porte qui était sur le mur du fond et s'y engouffra. Je le suivis et entrai à sa suite dans une pièce qui était utilisée pour le stockage du bar et qui était remplie de caisses de bouteilles. Je fermai la porte et commençai à empiler des caisses pour la bloquer. Pendant ce temps, Julien ouvrit la petite fenêtre au fond de la pièce.

— Allez Gil, tu me suis ou tu restes ici à les attendre ?

Il était marrant, je ne voyais pas ce que je pouvais faire d'autre que de le suivre. J'étais arc-bouté contre la pile de caisses afin de résister aux énormes coups qui étaient donnés sur la porte et cela n'allait pas empêcher longtemps la bande de costauds d'entrer.

Je vis Julien enjamber la fenêtre et sauter sans hésiter dans le vide. Étonné par son courage, je courus à la fenêtre et je compris pourquoi il l'avait fait sans hésitation. La fenêtre donnait sur une petite cour et elle était juste au-dessus du toit d'un petit local à poubelles. Comme lui, je sautai facilement sur le toit, puis glissai jusqu'au bord et d'un bond arrivai au sol pour le rejoindre. Il ouvrit la seule porte qui se trouvait dans la cour et on s'engouffra en vitesse dans un petit corridor qui nous amena dans le hall de l'immeuble par où nous étions entrés.

Arrivés au pied de l'escalier, on entendit, venant du premier étage, les bruits des verrous de la porte du tripot qui étaient manœuvrés à toute vitesse et les invectives crécellantes du vieux qui hurlait. Cela nous donna des ailes, on sortit de l'endroit à la vitesse grand V puis on se jeta dans la voiture en un rien de temps. Julien engagea fébrilement sa clé de contact, lança le moteur, démarra en trombe et on s'éloigna rapidement.

Après plusieurs virages dans le centre-ville, la tension retomba.

— C'était sacrément chaud, me dit-il.

— Oui, mais tu es complètement dingue de tricher dans ce genre d'endroit, nous aurions pu y laisser la vie ou tout au moins passer un sale quart d'heure. Tu avais prévu ton coup ou c'était improvisé ?

— Je ne suis pas un bon joueur de poker mais j'adore ça, alors, pour ne pas trop perdre, je triche. L'idée que tu m'accompagnes m'est venue quand je t'ai vu à "la Châtaigne", je me suis dit que je pourrais profiter de toi pour faire diversion et utiliser une toute nouvelle méthode que j'ai trouvée sur internet. Cela a bien commencé et je gagnais puisque, comme prévu, toute leur attention était tournée vers toi pour te plumer. Malheureusement, il y en a un qui s'est rendu compte de mes manœuvres et cela a un peu dégénéré.

— Tu parles, ta combine était tellement mal exécutée que j'ai moi-même vu ta grossière manipulation et tu dis que ça a "un peu dégénéré", c'est plutôt devenu du "sauve-qui-peut" car nous étions à deux doigts qu'ils nous attrapent !

— Mais non, avec moi on s'en sort toujours !

— Bien sûr, je te crois ! On a eu surtout eu de la chance de trouver rapidement une sortie.

— Ce n'est pas de la chance !

— Comment ça ! Tu savais que l'on pouvait sortir par la pièce qui se trouve derrière le bar ?

— Eh bien oui, j'avais déjà repéré les lieux et trouvé la façon de faire si j'en avais besoin pour m'échapper rapidement en évitant de passer par la porte d'entrée. En plus, tu les as bien embrouillés dans la salle de jeu et je me rends compte que sans ton aide, c'était impossible de leur fausser compagnie, ils m'auraient pris avant. J'ai bien fait de t'emmener en fin de compte.

— Donc, si je comprends bien, tu triches depuis des semaines et cela ne t'empêche pas de perdre réguliè-rement, à tel point que maintenant, tu leur dois un sacré paquet de fric. Pour finir, tu m'embarques dans cette histoire pour tenter une nouvelle manière de tricher en espérant te refaire, ce qui a failli très mal tourner, tu parles d'une idée débile !

— Oui, d'accord. Je reconnais que l'idée n'était pas brillante et je suis vraiment désolé de t'y avoir mêlé. Allez, pour me faire pardonner, je vais te payer un verre. Je t'emmène dans un endroit sympa et tran-quille pas trop loin dans le centre, le plus dur va être de trouver une place à cette heure-là.

Non, tout compte fait, c'est bien pire dans le chapitre 7.

Après avoir fureté dans les petites rues du quartier à la recherche d'une place où se garer, il en trouva miraculeusement une de libre et réussit à s'y glisser. En arrêtant le moteur, il me dit.

— Bon, on n'est pas tout près mais je ne trouverai pas mieux, on va faire le reste à pied.

On poursuivit notre chemin vers "l'endroit sympa" annoncé et après un crapahut de plusieurs centaines de mètres, on s'engouffra dans une petite rue sombre et pavée qui sortait tout droit d'un autre temps. Elle était étroite et mal éclairée et je m'attendais à voir surgir d'une porte cochère une péripatéticienne à la "Zola" ou un malandrin qui nous sauterait dessus poignard en main, nous disant « la bourse ou la vie ». C'est dans cet état d'esprit que j'étais quand il s'arrêta devant ce qui ressemblait à un cabaret. La façade défraîchie, peinturlurée en noir et rouge devenue fadasse avec le temps et l'enseigne de guingois annonçaient l'ambiance. L'endroit était triste à souhait et les lettres de néon rouge clignotant nous indiquaient que nous étions devant le cabaret : "LE FAIT TARD".

On poussa la porte. Je me rendis compte dès l'arrivée dans le petit hall, que comme endroit sympa, il y avait mieux. Tout était vieux et défraîchi, c'était en fait un lieu sordide où nous fûmes "accueillis" par la préposée au vestiaire. C'était une très vieille femme, genre cartomancienne, avec fichu sur la tête et verrue poilue sur le bout de son nez. Avec un sourire édenté et des mimiques de sorcière, elle nous demanda de lui donner nos blousons. Devant notre refus de nous séparer de nos pelures, Madame Irma se fâcha et nous balança tout un tas d'obscénités, accompagné d'énormes postillons nauséabonds. Bonjour l'accueil !

Suivis par des insultes et des pulvérisations insalubres de "Carabosse", nous pressâmes le pas pour entrer dans une grande salle faiblement éclairée.

Un long comptoir en zinc longeant le mur occupait l'espace sur notre droite, au centre, plusieurs tables de bois se battaient en duel et quelques clients épars, affalés sur leurs sièges, y sirotaient un verre. Sur la gauche, une petite scène de spectacle fermée par un rideau antédiluvien d'un rouge sombre crasseux complétait l'agencement des lieux. Julien choisit une table libre au plus près de la scène. À peine assis, une serveuse maquillée comme une voiture volée et qui avait manifestement connu les affres de la dépression de 29 *(amis économistes, bonjour !)* vint prendre la commande qui fut résumée assez vite par Julien : "Une bouteille de whisky et deux verres sans glaçons".

Nous étions arrivés au bon moment. Dans les haut-parleurs situés de part et d'autre de la scène, on nous annonça que le spectacle débuterait dans moins d'un quart d'heure et qu'il fallait que l'on se prépare à un show fantastique, du jamais vu en France. Spectacle qui avait obtenu un succès phénoménal lors d'une tournée internationale dans les plus grands cabarets du monde et qui revenait en ville pour une unique représentation dans cet illustre cabaret qu'était LE FAIT TARD. Rien que ça !

La serveuse nous apporta la bouteille et les deux verres que Julien paya avec les jetons récupérés dans la salle de jeux.

— Tu paies avec les jetons du poker ramassés dans la salle de jeu illégale ?

— Oui, y'a pas de problème, ils les acceptent ici, ce cabaret appartient au même proprio que le tripot clandestin.

— Ils vont nous retrouver vite fait alors.

— Bien au contraire, jamais ils ne penseront que nous sommes ici, conclut-il avec son clin d'œil habituel.

Il servit les deux verres à ras bord, but le sien d'un trait pour de nouveau le remplir. Il tenait sacrément bien l'alcool, vu tout ce qu'il avait déjà ingurgité depuis notre arrivée en ville et seuls ses yeux de plus en plus brillants et une diction un peu plus lente trahissaient son début d'ébriété.

— Maintenant que nous sommes au calme, je peux finir mes questions sur l'après-midi du vol ?

— Dis donc, tu ne lâches pas l'affaire toi ! Allez, c'est quoi tes dernières questions ?

Je repris mon calepin et je le parcourrai des yeux pour me remémorer où j'en étais de mon interrogatoire.

— Ah, voilà, j'ai retrouvé. As-tu vu les jardiniers dehors quand tu es arrivé ?

— Non, le matin je ne les ai pas vus mais ils étaient là, j'entendais les tondeuses au loin et leur camion était garé à proximité. Par contre, ils travaillaient devant la maison quand je suis parti avec mon père en fin d'après-midi.

— Tu as vu ou entendu quelque chose d'inhabituel ?

— Non, vraiment rien. C'était un après-midi comme ceux que je passe de temps en temps à "la Châtaigne", télévision et casse-croûte avec grand-père, c'est mon passe-temps favori quand je suis là-bas.

— Quand tu es passé dans le hall pour aller chercher de quoi manger à la cuisine, la porte d'entrée était bien fermée ?

— Certainement puisqu'il y a un groom hydraulique qui la ferme automatiquement.

— Au retour de la cuisine, tu as vu de nouveau Laetitia dans la salle à manger ?

— Oui il me semble bien qu'elle était toujours là.

— Tu n'es sorti qu'une fois du salon télé ?

— Oui, juste la fois où je suis allé chercher de quoi manger.

— Ton grand père m'a dit qu'il s'était assoupi ?

— Peut-être, mais je ne m'en suis pas rendu compte, j'étais trop absorbé par le match à la télé.

Je complétai mes notes rapidement, déçu de ses réponses qui ne m'aidaient pas vraiment.

— C'est bon, je n'ai plus de questions pour le moment.

Cela tomba bien, car, d'un coup, il était devenu impossible de se parler, une musique grandiloquente éructait des haut-parleurs. Tout le monde regarda vers la scène. Le rideau s'écarta lentement sur un tableau, comment dirai-je ... étonnant... stupéfiant... surprenant, peut-être même ... renversant.

C'était, à n'en pas douter, un spectacle qui se voulait "érotico-sado-maso".

(Je demande aux plus jeunes et aux pudibonds de bien vouloir lire ce passage "olé, olé", les yeux fermés. Merci.)

Essayez de visualiser ce que nous avions devant nos yeux éberlués. Il y avait trois "acteurs" habillés de vêtements en simili cuir noir brillant.

Au milieu de la toute petite scène se tenait une fille toute maigrelette vêtue d'une combinaison intégrale plaquée contre son corps squelettique. Elle était agenouillée et penchée en avant, sur ce qui ressemblait à un banc de musculation sur lequel elle était enchaînée. Avec ses cheveux filasse et son nez crochu, elle ressemblait trait pour trait à la Madame Irma du vestiaire. Elle secouait fortement sa tête de sorcière au rythme de la musique, faisant redouter que celle-ci se détache de son corps osseux.

Derrière elle, mimant un coït animal, il y avait un gars à genoux, torse nu, poilu comme un ours, avec des abdominaux "Kronenbourg", vêtu d'un minuscule short qui lui serrait les fesses et d'une sorte de passe-montagne juste troué au niveau des yeux et de la bouche. Il avait en plus une attache autour de la tête qui lui maintenait une boule rouge coincée entre ses dents. Et pour finir en beauté *(pas sûr que cela soit la bonne expression, vous jugerez par vous-même)* une énorme femme de plus de deux mètres, fouet à la main, se tenait derrière lui. Elle était vêtue d'une jupette hyper courte et d'un justaucorps qui lui collait tellement à la peau qu'elle était certainement née avec et avait grandi et grossi sans jamais réussir à le quitter. Cette éléphantesque femme fouettait allègrement "l'ours Kronenbourg", au son d'une musique digne d'un film d'épouvante.

Mais comment pouvait évoluer ce spectacle ? Allaient-ils se mettre en mouvement ? "Elephant woman" arrivera-t-elle à enlever sa deuxième peau ? "Kronenbourg Man" tiendra-t-il longtemps avec son petit short qui lui rentrait de plus en plus dans les fesses ? "Squelette woman" arrivera-t-elle à garder tous ses os jusqu'à la fin du spectacle ? Allons-nous voir arriver sur scène d'autres spécimens du même genre ? *(Du suspense, en veux-tu, en voilà !)*

Toutes les options restaient possibles et j'attendis avec impatience les tableaux suivants mais Julien gâcha mon plaisir. D'une main pressante, il serra mon avant-bras, je le regardai étonné de son geste. Il me fixa et me fit un léger signe de tête en direction du bar.

Bon, ce n'était pas non plus un endroit tranquille comme il me l'avait promis. Je vis qu'accoudé au bar, venait d'arriver le gros costaud à lunettes noires, Denise Fabre moustachue et BB-8 !

On se tassa sur nos chaises espérant devenir invisibles grâce au peu de luminosité de l'endroit. Peine perdue, on entendit l'un d'eux.

— P#$@€% de M@#¥%, regardez, ils sont là.

Ni une ni deux, on bondit de nos chaises pour nous échapper, mais d'un coup d'œil circulaire, je me rendis compte que malheureusement nous ne pouvions pas sortir par la porte d'entrée. Le grand baraqué s'était déjà mis sur notre chemin et avançait vers nous. Même en pleine action, il gardait ses lunettes noires en mode "Ray Charles" rivées sur le nez. Devant la carrure du gars, même en se disant qu'il ne nous voyait peut-être pas très bien à travers ses verres teintés, on ne prit pas le risque de l'affronter. Nous n'avions alors pas d'autre issue que la minuscule scène sur laquelle, suivi de Julien, je sautai rapidement.

Notre arrivée fut brutale sur ce lieu de "culture", puisqu'emporté par mon élan, je bousculai le banc de musculation qui se retourna. "Skeletor" toujours enchaîné à lui poussa un grand cri. Poursuivant notre course vers le fond de la scène, on se trouva nez à nez avec "l'ours Kronenbourg" qui, bras écartés, nous barrait le passage. N'ayant pas d'autre solution, je lui mis un énorme coup de pied dans l'entrejambes, il se plia en deux de douleur et j'en profitai pour le pousser de toutes mes forces. Il tomba à la renverse entraînant dans sa chute la géante boursouflée qui était juste derrière lui, bloquant malheureusement notre seule issue. Il nous était impossible de faire le tour de cet amoncellement de gras-double, cela aurait pris trop de temps.

Denise Fabre moustachue sauta à son tour sur la scène, ne nous laissant aucune échappatoire. Il nous restait plus qu'un moyen de s'en sortir et sans même se concerter, nous sautâmes de bon cœur sur les deux gigantesques corps et marchant dessus comme sur de gros coussins remplis d'eau, nous arrivâmes à atteindre le fond de la scène. J'écartai le rideau qui cachait l'arrière-scène et découvris un petit corridor qui prolongeait le mur du fond, corridor qu'on prit en courant le plus vite possible. Le long de ce passage, on vit plusieurs portes fermées qui devaient donner sur les loges des "artistes".

Des cris et des bruits derrière nous nous indiquèrent que la chasse était ouverte, ce qui nous fit accélérer. Une porte en fer qui heureusement n'était pas fermée à clé nous permit de sortir et on déboucha alors dans un petit entrepôt. Deux solutions de fuite s'offraient à nous. Devant, on apercevait un quai de déchargement, dont le rideau métallique était resté levé, laissant voir que la nuit était déjà tombée et qui donnait sur une petite ruelle déserte. Dans le coin à droite, il y avait une porte entrouverte où l'on devinait un long couloir. Le temps de réfléchir à ce que nous devions faire, nous vîmes nos poursuivants arriver. Le premier qui arriva du couloir fut "l'ours Kronenbourg".

— I chon a, i chon a, agrapon ai !!! *(Vous vous souvenez pourquoi il parle de cette façon ? pour ceux qui n'ont pas été attentifs ou qui ont un début d'Alzheimer, retournez quelques pages en arrière)*

Le gros costaud lunetteux débuula lui aussi en courant, à se demander comment dans cette sombre ambiance, il était arrivé jusqu'ici sans canne blanche et sans tomber avec ses lunettes noires. Il sortit un énorme pistolet d'un holster placé sous sa veste, leva son arme, nous visa et tira dans notre direction. Heureusement pour nous, sa visibilité réduite ne l'aida pas dans l'exercice et la balle passa loin de nous.

Mais le sifflement du projectile nous fit quand même prendre rapidement une décision, Julien me dit.

— Séparons-nous, nous aurons plus de chances de leur échapper chacun de notre côté. Retrouvons-nous à "la Châtaigne".

Et tout en courant vers le quai, il me montra la porte du fond.

— Sauve-toi par-là !

Je m'aperçus alors que malgré notre départ rapide et rocambolesque du cabaret, il n'avait pas oublié de prendre la bouteille de whisky de notre table. Le plus étonnant à voir, c'est qu'il courait presque droit malgré le taux d'alcool qu'il devait avoir dans le sang.

Pour ma part, je me dirigeai en courant vers la porte du fond, franchement ce n'est pas cette direction que j'aurais choisie en premier pour déguerpir au plus vite mais c'est vrai que nous avions plus de chances de leur échapper en nous séparant.

Un coup de feu claqua de nouveau et l'impact du projectile éclata une partie du mur devant moi. Cela devenait vraiment dangereux cette histoire. Mort de peur, je m'engouffrai dans l'ouverture de la porte et me mis à courir encore plus rapidement dans le couloir faiblement éclairé par quelques malheureux globes au plafond et qui s'enfonçait bien plus loin qu'on ne pouvait l'imaginer. Après quelques mètres courus à la vitesse du record du monde du cent mètres *(c'est facile, personne n'est là pour me chronométrer ni me contredire)*, je décidai de prendre l'escalier que je trouvai sur ma droite, en priant que mes poursui-vants continuent tout droit. Je commençai le plus discrètement possible à monter quatre à quatre les marches jusqu'au premier palier quand je les enten-dis arriver. Ils n'hésitèrent pas beaucoup à me suivre, je n'avais pas dû être assez discret en montant au premier étage.

D'entendre leurs pas sur les premières marches me fit accélérer le rythme et le deuxième étage fut ra-pidement franchi. Après, ce fut beaucoup, mais alors beaucoup plus dur de monter cet escalier, mon cœur cognait fort dans ma poitrine, histoire de me rappe-ler mon penchant pour la chaise longue en lieu et place du jogging et j'avais un mal fou à reprendre mon souffle. J'avais l'impression que les marches étaient de plus en plus hautes et mes pieds de plus en plus lourds, inutile de vous dire que je terminai diffi-cilement de gravir les deux derniers étages. J'enten-dais mes poursuivants haleter et souffler très fort, eux aussi peinaient à monter rapidement les marches. Heureusement qu'ils n'étaient pas en meil-leure condition physique que moi mais ils arrive-raient bientôt et il fallait que je trouve une sortie du cul-de-sac où je m'étais bêtement fourré en prenant cet escalier.

Il y avait deux portes sur ce dernier palier, j'ouvris celle de droite et découvris un petit hall avec trois portes d'appartement *(comment sais-tu que ce sont des ap-partements ? pensent certains pinailleurs dont je ne citerai pas les noms ... Ben, parce qu'il y a des tapis-brosses devant les portes CQFD !!)* Je refermai la porte et ouvris précipi-tamment celle de gauche, ouf ! c'était un long couloir d'une dizaine de mètres avec là aussi quelques portes d'appartements répartis de part et d'autre mais il semblait continuer plus loin après un angle droit, présageant un moyen de poursuivre ma fuite. Je refermai la porte derrière moi, pris l'extincteur accroché au mur et réussis à la bloquer avec l'espoir que cela ralentirait mes poursuivants.

Je parcourus rapidement ce nouveau couloir à la recherche d'une porte donnant accès au toit ou à une terrasse, l'idée était de passer de toit en toit sur un autre immeuble pour leur échapper *(on peut toujours rêver non !)* mais, surprise, surprise ! Arrivé presque au coude du couloir, je vis débouler la gigantale danseuse du spectacle érotico-sado-maso, toute de noir vêtue. Ce qui m'arrêta net dans ma course.

Ses cheveux courts et bouclés, naturellement blonds peroxydés, entouraient une bouille toute ronde de couleur écarlate et deux petits yeux méchants étaient enfoncés dans cette masse boursouflée d'où émergeait un gros pif tout rond et tout rouge lui aussi, mais rouge carmin pour respecter l'harmonie des couleurs. Elle n'avait pas une tête à sucer des glaçons, je peux vous le dire. Elle fit claquer son fouet qu'elle avait toujours à la main. Les deux pneus "rougealévrés" *(encore un mot nouveau, ça n'arrête pas dans cette histoire !)* qui lui servaient de lèvres s'écartaient sur un côté, créant un rictus inquiétant au coin de sa bouche. Cette grimace découvrit une belle rangée de dents jaunes, cassant le contraste de couleurs très à la mode en ce moment, entre le rouge de sa bouille et le noir de son costume. *(Cet effet coloré recherché est appelé : "effet Stendhal" ou "effet Jeanne MAS" pour ceux plus doués en chansons ringardes qu'en littérature).* La minuscule jupe de son costume de scène ne cachait rien de ses cuissots énormes et son bien nommé "justaucorps" noir collé à son corps adipeux, mettait en "valeur" ses formes plus que plantureuses en faisant ressortir ses énormes bourrelets. Elle ressemblait à une colonne de pneus, similaires à celles l'on voit chez les garagistes. Le "Bibendum noir" me faisait face.

Elle prenait toute la largeur du couloir et placée comme elle était, il m'était impossible de passer. J'étais pris au piège !

Comment était-elle parvenue ici avant tout le monde ? Quelle pouvait être la solution, pour me sortir de cette situation ? *(Pas mal l'intrigue !).*

J'eus à ce moment une idée de génie. Vous savez comme je suis fervent de films d'action, alors je mis en pratique ce que j'avais vu à de nombreuses reprises.

*(**Avertissement** : cette scène est assez dangereuse et comme je tiens à faire moi-même toutes les cascades (bien obligé, mon éditeur ne m'en donne pas les moyens !) je vous demande de bien vouloir respecter mon temps de concentration avant de défier la mort…1, 2, 3… C'est parti !).*

Je courus et me jetai pieds en avant, pour glisser entre ses jambes et ainsi me retrouver derrière elle *(malin le gars !).* Bon OK, cela ne s'est pas passé aussi bien que je l'avais imaginé. En glissant les pieds en avant je lui touchai l'un des siens. Au bowling cela aurait été un coup gagnant, mais là, faire un "strike" n'était vraiment pas le but recherché. Cela la déséquilibra et elle tomba en avant. Malheureusement je n'étais pas encore passé de l'autre côté, dommage pour moi !

Elle me tomba dessus de toute sa masse. Ce triple quintal gélatineux me recouvrit entièrement et un bruit sourd se fit entendre, j'eus le souffle coupé. Cela ne m'avait pas fait vraiment mal, je venais juste d'être recouvert d'un édredon de trois cents kilos. Je repris mes esprits et me rendis compte que j'étais coincé sous elle la tête entre ses énormes seins et elle ne bougeait plus.

Après quelques contorsions et mouvements de tête, je réussis à voir son visage. Elle était évanouie et je compris que le bruit sourd entendu lors de sa chute correspondait à la rencontre brutale de sa tête et du sol. Son visage était en sang, elle avait la tête sur le côté et je vis que son nez était complètement éclaté. Celui-ci ressemblait maintenant à une grosse figue violette ouverte, pareille à celles que l'on voit sur les étals au marché, lorsque les commerçants veulent nous vanter la fraîcheur de leur marchandise. Ce n'était pas beau à voir.

J'essayai de sortir par le haut en poussant avec mes pieds mais c'était impossible, ses deux masses mammaires me bloquaient le passage et l'agglomérat flasque maintenait mes bras contre moi. Je n'avais plus qu'une seule issue pour me dégager, c'était de sortir par le bas. En me glissant, tordant, gesticulant, rampant, m'agitant, gigotant, je parvins petit à petit à me glisser par-dessous. Le passage du ventre fut, vous vous en doutez, un moment difficile, le skaï noir plaqué sur mon visage m'interdisait de reprendre mon souffle, mais à force de violents tortillements et soubresauts je réussis à sortir de ce sombre tunnel oppressant et pus reprendre une longue inspiration à la manière d'un champion d'apnée après une plongée dans les abysses. Mais je n'étais pas au bout de mes efforts.

J'arrivai à une autre partie critique du mastodonte : l'entre-jambes. Je découvris avec horreur que dans sa chute, sa petite jupe s'était déchirée et était remontée bien au-delà du convenable, découvrant tout l'arrière-train de l'animal. Quelques mouvements supplémentaires me permirent d'atteindre le niveau de cette pièce de tissu dénommé culotte chez les autres, mais dont le nom reste à trouver pour elle. Cette toile était tellement immense, que l'on pouvait certainement tailler une tente quatre places dedans avec auvent et abri de voiture.

Après ce constat alarmant, je continuai vaillamment ma descente aux enfers. Mes espoirs d'éviter d'accrocher au passage cette pièce de tissu géante furent rapidement déçus. Mon menton entraîna petit à petit l'incommensurable toile vers le bas. Voulant éviter à tout prix une situation plus que gênante, je me tortillai de nouveau dans tous les sens comme le ver du pêcheur pris dans l'hameçon, mais peine perdue, irrésistiblement je découvris les inimaginables, les ébouriffantes, les étonnantes, les extraordinaires, les extravagantes, les invraisemblables, les indescriptibles, les spectaculaires, les phénoménales, les irreprésentables, les impensables, les effarantes parties intimes d'un yéti femelle qui ne s'était pas épilé le maillot depuis bien longtemps. Le passage suivant étant des plus scabreux, j'évite donc de vous narrer plus en détail ce moment peu glorieux de ma vie de ver de terre dans cette sauvage et dangereuse jungle bouclée, des enfants pourraient me lire.

Vu de l'arrière, cet attendrissant spectacle devait être similaire à l'accouchement d'un hippopotame dans la savane africaine, plus besoin d'aller faire des safaris onéreux, je vous apporte l'exotisme directement chez vous. Encore quelques mouvements pour dégager ma tête de cette extravagante culotte multi-places et je réussis à sortir vivant de cet enfer sauvage.

Je me mis difficilement debout, cette activité physique et éhontée avec cette énorme femme avait épuisé mes maigres forces. J'entendis de grands coups donnés contre la porte du couloir, l'extincteur n'allait pas les ralentir bien longtemps. Je tournai rapidement le coin du couloir pour me retrouver aussitôt devant la porte ... d'un ascenseur. Cela expliqua pourquoi le "Bibendum noir" s'était retrouvé là avant tout le monde, elle devait bien connaître cet immeuble.

J'appuyai fébrilement sur le bouton d'appel de l'ascenseur et attendis qu'il arrive. C'était un très vieil ascenseur qui prenait son temps. Un gros craquement de l'autre côté du couloir m'apprit que mes poursuivants avaient réussi à ouvrir la porte et n'allaient pas tarder à surgir. Seule, pouvait les retarder la montagne humaine à enjamber, qui devait toujours être couchée au sol et dont j'entendais les beuglements et mugissements indiquant un réveil des mauvais jours de la génisse noire. Enfin, l'ascenseur fut là et la porte s'ouvrit à la vitesse d'un vieillard arthritique qui entame une course de fond. Je me précipitai dans la cabine avant même l'ouverture complète et appuyai sur le bouton du rez-de-chaussée. Contrarié par cette demande pressante, la porte émit un grincement revendicateur et s'arrêta net.

J'entendis que dans le couloir, la petite troupe s'était retrouvée et que des efforts surhumains étaient entrepris afin de remettre sur pied la colonne de pneus. Je n'allais pas tarder à les avoir sur le dos. La porte de l'ascenseur comprit l'urgence de la situation et dans un couinement bienveillant entama sa fermeture, je n'osai pas l'aider de peur de la contrarier de nouveau, les petits vieux étant de nature susceptible !

Au même moment où la porte fit la jonction avec le montant, j'aperçus à travers la vitre, "l'ours Kronenbourg" débouler. Sa tête était toujours recouverte de son passe-montagne en simili cuir noir, il avait toujours sa bouche bloquée par la boule rouge et ses yeux étaient rouge sang, c'était une vision effrayante. Avec les efforts physiques qu'il avait faits pour monter jusqu'ici et pour soulever le mammouth laineux, il avait dû transpirer un max et devait avoir l'impression d'avoir le crâne inséré dans une cocotte-minute.

Il était encore arrivé le premier malgré son gros ventre et son petit short tout serré, ce n'est pourtant pas sur ce cheval que j'aurais parié en premier. Cela prouve qu'en matière de pronostic hippique, je ne suis pas très bon.

Il se mit à crier.

— Y é a, y é a, y ren dan asenseu.

Trop tard pour eux, à mon plus grand soulagement l'ascenseur entama sa lente descente et leurs coups sur sa porte n'entamèrent pas sa résolution de me déposer au rez-de-chaussée.

Je sortis comme fou et je me retrouvai dans un petit hall d'immeuble. J'ouvris rapidement la porte, me précipitai dans la rue et me mis à courir aussi vite que possible. La nuit était vraiment sombre et je passai rapidement les zones éclairées par les rares lampadaires afin d'éviter d'être vu. Je retrouvai facilement l'emplacement où Julien avait garé la Porsche, qui n'était malheureusement plus là ! J'étais bien loin de "la Châtaigne" et à cette heure-là, ce n'était pas possible d'avoir un taxi et vous vous doutez bien que je ne pouvais pas me permettre de faire du stop de peur de tomber sur les zigotos qui devaient avoir commencé les recherches. Je me résolus donc à faire à pied les kilomètres de retour que j'avais mis quelques minutes à faire en arrivant en trombe dans la voiture de Julien.

Après des heures de marche, j'arrivai complètement épuisé à "la Châtaigneraie" et je découvris la Porsche garée devant le perron. Je m'approchai de la voiture. Je vis Julien endormi, appuyé sur le volant la tête dans ses bras. J'ouvris la porte de son côté, cela ne le réveilla pas, il y avait une odeur épouvantable dans sa voiture et je sus assez vite le pourquoi, son pantalon et ses chaussures étaient couverts de vomi et la bouteille de whisky vide traînait à ses pieds. Je déchirai un de ses vieux journaux pris sur les sièges arrière et j'écrivis dessus. "Je suis rentré en entier. GIL". Je le mis en évidence sur le tableau de bord, accompagné de tous les jetons de casino que j'avais dans les poches. Je refermai doucement la porte de sa voiture et j'allai chercher Léon dans la maison. Il m'attendait, couché derrière la porte et me fit la fête, il était content de me revoir et la perspective de regagner ses pénates le mettait en joie.

Nous reprîmes la "Clio" pour rentrer fissa à la maison et on se coucha rapidement. Je m'endormis comme une masse, le stress de la poursuite, les efforts surhumains déployés pour me sortir du piège graisseux et la marche nocturne de plusieurs kilomètres m'avaient exténué.

La gastronomie est au rendez-vous, dans le chapitre ~~huître~~ 8.
SAMEDI

Mon sommeil fut agité et rempli de cauchemars, je fus poursuivi toute la nuit par l'énorme "Bibendum noir" faisant tournoyer au-dessus de sa tête sa culotte titanesque et par "l'ours Kronenbourg" avec sa tête noire, ses yeux injectés de sang qui prononçait des mots incompréhensibles. C'est pourquoi lors de mon réveil en milieu de matinée, je n'étais ni vraiment frais ni vraiment dispo. Une bonne douche bien chaude me remit les idées en place et cette affaire se remit à tourner dans ma tête, créant un tas de questions dont j'aurais bien aimé avoir rapidement les réponses. Plus je tardais à questionner les personnes présentes dans l'après-midi du vol, plus j'avais des chances qu'ils oublient en partie ce qu'ils avaient vu et entendu.

Pour ne pas perdre de temps dans la résolution de cette enquête, je décidai de travailler le week-end. *(Avouez que c'est beau, cet amour du travail !)* N'ayant pas pu questionner Marthe à "la Châtaigneraie" hier, je choisis d'aller la rencontrer directement chez elle et j'espérai bien que Léon faciliterait cette entrevue que je voulais lui imposer durant l'un de ses jours de repos.

On se prépara rapidement et après notre traditionnel tour du bâtiment cher à mon gros Léon, on sauta dans la Clio. Un regard sur le plan de la ville pour trouver la rue où elle habitait et je lançai d'un coup de clé vigoureux les malheureux chevaux de ma vieille Renault, enfin c'est ce que je voulais mais elle décida de faire sa mauvaise tête. Cela lui arrivait de temps en temps pour me faire comprendre qu'elle avait besoin d'une révision mais je n'avais pas le temps de m'occuper d'elle en ce moment et je dus m'y reprendre à plusieurs reprises pour qu'elle décide de lancer la cavalerie.

Marthe habitait dans l'un des quartiers les plus anciens de la ville et ses constructions moyenâgeuses avaient la particularité d'être des maisons à colombages du plus bel effet auprès des rares touristes qui s'étaient égarés dans la région. *(Petit regard culturel sur notre ville, offert par l'office du tourisme)*. Je trouvai facilement son très vieil immeuble, j'ouvris la grosse porte d'entrée dans un grincement de maison hantée et arrivai sous un long porche pavé qui débouchait dans une petite cour. Deux rangées de vieilles boîtes aux lettres en bois se trouvaient de part et d'autre. Je recherchai celle de Marthe et après avoir lu qu'elle habitait en étage, je pris l'escalier correspondant.

Cet immeuble semblait être sur le point de s'écrouler, ce n'était pas rassurant, certains murs de l'escalier étaient bombés, les marches de bois craquaient sous mon poids et elles étaient toutes de guingois, les paliers en tomettes rouges dont certaines étaient manquantes et d'autres brisées n'étaient pas des plus accueillants et l'on sentait bien qu'on était dans de "l'ancien", comme le définissent adroitement les agents immobiliers.

Arrivé à l'étage voulu, je repérai la porte de Marthe et sonnai. Je l'entendis crier « oui, j'arrive ».

Elle m'ouvrit et je vis l'étonnement dans ses yeux de me trouver devant sa porte.

— Bonjour Marthe.

— Bonjour M. Gil et d'un ton angoissé, « il est arrivé quelque chose à Monsieur ou Madame ? »

— Non, ne vous inquiétez pas.

Je n'eus pas le temps de fournir des explications sur ma venue car son regard fut attiré par Léon.

Léon avait la tête du gars complètement estomaqué, il n'en revenait pas de voir Marthe dans un autre lieu que la cuisine de "la Châtaigneraie", cela lui paraissait impensable. Leurs yeux se mirent à briller, ils étaient à l'unisson. Ne faisant plus attention à moi, elle se pencha vers Léon et le caressa doucement.

— Bonjour mon Léon, allez viens, suis-moi, je vais m'occuper de toi.

Elle tourna les talons, suivi au plus près par le glouton qui avait très bien compris et qui ne pouvait pas résister à l'idée de se goinfrer une nouvelle gamelle. Je restai un moment indécis puis je pris moi aussi le petit couloir carrelé pour entrer dans l'appartement. De petites fenêtres sur la droite donnaient sur la petite cour centrale de l'immeuble et sur ma gauche une cloison vitrée à mi-hauteur permettait de faire profiter la cuisine sans fenêtre de cette lumière naturelle. Cuisine où je les vis tous les deux, elle était assise sur une chaise avec Léon debout sur ses pattes arrière avec les pattes avant et la tête sur les cuisses de Marthe, elle le caressait doucement tout en lui parlant à voix basse. Arrivé dans la cuisine, je m'assis discrètement sur une chaise pour ne pas interrompre ce tendre échange.

Elle releva la tête.

— Excusez-moi, M. Gil. Vous savez, j'adore Léon et je crois qu'il m'aime bien aussi.

— C'est sûr, il vous adore.

— Je ne vous ai jamais dit, mais mon grand amour s'appelait Léon, il était aussi gourmand et aimant que votre chien. C'était un militaire, ses parents lui avaient donné ce prénom en souvenir d'un grand-oncle, lui aussi militaire de carrière, qui avait été tué en 44, c'était prémonitoire en fait. Elle sortit un mouchoir et essuya une larme, elle poursuivit, « nous devions nous marier, mais il est décédé lors de manœuvres dans le sud de la France, un accident tout bête qui lui a coûté la vie » elle avait maintenant les yeux pleins de larmes en évoquant ses souvenirs douloureux. *(C'était la séquence émotion)*

— Mais il me semblait que vous aviez été mariée ?

— Malheureusement oui ! J'ai rencontré mon imbécile de mari quelques années après ce malheur qui empoisonnait toujours ma vie et mes parents m'ont poussé à me marier, alors je les ai écoutés, pensant que c'était la bonne chose à faire pour tout oublier et commencer une nouvelle vie. Mais il s'est avéré assez vite que c'était un ivrogne, un fainéant, un profiteur et même un voleur et nous nous sommes séparés peu de temps après la naissance de notre fils. Fils qui a malencontreusement hérité du caractère et de tous les mauvais penchants de son père !

De son mouchoir qu'elle avait toujours en main, elle essuya de nouveau ses yeux et se moucha bruyamment, genre : "trompettes de Jéricho".

— Mais arrêtons de parler de moi. Pourquoi êtes-vous ici, personne ne vient me voir chez moi ?

— Comme vous l'a certainement dit ma tante, je suis détective privé et elle m'a demandé d'enquêter sur la disparition de son tableau. Je viens vous voir pour que vous me racontiez le déroulement de votre après-midi où le vol a été commis.

— Ah ! C'est pour ça, mais je croyais que la police avait dit que c'était des "monte en l'air" qui avaient fait le coup ?

— Oui, je sais, mais ma tante veut en être sûre.

— Pourquoi, elle pense que cela pourrait être quelqu'un de la maison ?

— Bien sûr que non ! Qu'une personne puisse entrer et ressortir de la maison sans être vue, c'était inimaginable avant ce cambriolage mais à présent, elle a peur de se retrouver nez à nez avec un inconnu dans sa propre maison. Elle voudrait juste comprendre comment cela a pu se produire et à quelle heure le vol a eu lieu afin de prendre de nouvelles mesures de sécurité ou installer de nouvelles alarmes.

— Oui, je comprends maintenant et je partage son inquiétude.

— Vous voulez bien me dire ce dont vous vous souvenez de cet après-midi-là ?

— D'accord, mais vous avez vu l'heure, je vais nous préparer un bon repas avant de répondre à vos questions.

— Non, il ne faut pas, lui répondis-je, très mollement.

— Taratata ! Cela me fait plaisir et vous savez bien que j'adore cuisiner. Ce n'est pas souvent que j'ai du monde chez moi, alors je vais en profiter et je vais nous préparer un succulent repas. Mais avant de préparer notre déjeuner, je vais d'abord m'occuper de Léon. J'ai un reste de poulet et de pâtes d'hier, je vais lui faire une gamelle avec ça, il va apprécier.

Léon était prioritaire à ses yeux ! Elle se leva, ouvrit son immense réfrigérateur américain et en sortit une carcasse de poulet d'où elle préleva la poitrine et les deux cuisses qu'elle découpa en petits morceaux créant une montagne de viande qu'elle mit dans un saladier. Elle y rajouta deux bonnes louches de pâtes et dans un ramequin elle fit réchauffer le jus de cuisson du poulet au micro-ondes avec laquelle elle nappa sa préparation. Léon était tout près d'elle et suivait des yeux tous ses mouvements, il savait pertinemment que ce plat en préparation était pour lui, il en salivait d'avance et à intervalles réguliers, il se léchait les babines.

Après avoir mélangé consciencieusement les ingrédients, elle déposa le saladier devant Léon « Tiens mon Léon, régale-toi ». Elle ne le répéta pas deux fois, Léon, toujours affamé, se rua sur sa gamelle comme si cela faisait des mois qu'il n'avait pas mangé et dans un bruit épouvantable, engloutit le tout en quelques secondes.

Marthe était une femme, comment dirais-je, une femme bien charpentée. Pour donner une image aux moins jeunes d'entre vous, elle ressemblait trait pour trait à Maïté de la télé *(pour les autres, allez demander à internet ou à vos parents !)* Même corpulence, même voix et même accent chantant du sud-ouest.

Elle se tourna vers moi avec un grand sourire.

— Bon à nous maintenant !

*(**Attention amis lecteurs !** Il vaut mieux pour vous sauter le passage suivant si vous êtes adepte des régimes végétarien, végan, végétalien, paléolithique, sans gluten, sans sucre, basses calories, light, sans sel, crudivorien, frugivorien, pescétarien, sproutarianien et j'en loupe certainement des plus étranges encore, mais également aux buveurs exclusifs d'eau : plate, gazeuse, ferrugineuse et aussi aux membres des AA (attention, ne confondez pas les Alcooliques Anonymes avec les Andouilles Authentiques ... quoique j'en ai connu qui étaient les deux !))*

(Pour en revenir au régime végétarien, me revient à l'esprit la phrase d'un très célèbre philosophe américain que vous devez connaître : "je serais végétarien si le bacon poussait sur les arbres" - Homer Simpson)

De son gigantesque frigo et de ses multiples placards, elle sortit des plats, des pots, des boîtes, des récipients, des ballotins, des emballages, des cartons, des sachets et des paquets qu'elle déposa sur son plan de travail.

Elle réfléchit un moment devant cet étalage digne d'un petit supermarché de quartier et déclara.

— Voilà, j'ai tout ce qu'il me faut pour cuisiner un petit repas. Je vais nous préparer des aiguillettes de canard gras à la crème fraîche et au poivre, flambées au vieil armagnac et accompagnées de pommes de terre rissolées dans de la graisse de canard avec une petite salade à l'huile de noix et vinaigre de xérès pour faire descendre le tout. En entrée, on va faire simple et savoureux, avec quelques belles tranches de foie gras, que vous allez adorer, il arrive directement, comme les aiguillettes, de l'élevage de canards de mes cousins qui ont une ferme dans les Landes et je viens juste d'acheter un gros pain tout frais dont je vais faire griller quelques belles tranches pour le déguster. En dessert, j'ai un gâteau, c'est une spécialité bien de chez nous qui va vous ravir, je sais que vous êtes un "bec sucré".

— Rien que l'énoncé de votre menu me met l'eau à la bouche.

— J'espère bien ! En apéritif, nous allons boire un verre de vin de Maury accompagné de rondelles de saucisse sèche "à la perche" et de petits cornichons que je fais moi-même.

Elle mit les "amuse-gueules" précités sur un plateau qu'elle apporta dans le séjour, le posa sur la table basse et en me désignant le long meuble collé au mur.

— Regardez dans le buffet, vous y trouverez la bouteille. Servez-nous-en deux verres, ils sont juste à côté et installez-vous dans le canapé en attendant que je prépare le déjeuner et elle retourna dans la cuisine.

Après avoir trouvé ce qu'elle m'avait demandé et posé le tout sur la table basse, je m'installai dans le canapé et la regardai cuisiner à travers les cloisons vitrées.

D'un coup, à la manière de "Flash Gordon", elle se mit à courir à une vitesse folle d'un bout à l'autre de sa cuisine, virevoltant partout dans la pièce en sortant sa batterie de cuisine au grand complet. Elle se mit à ouvrir à grands coups de ciseaux et d'ouvre-boîtes tout ce qu'elle avait devant elle, et déversa des quantités impressionnantes de nourriture et de liquides variés dans ses faitouts et cocottes. Elle découpait, épluchait, tranchait, pelait et malaxait à tour de bras, et tout cela, sous l'œil très intéressé de Léon qui, après avoir englouti son saladier, s'était assis dans un coin et attendait la chute inévitable de quelques morceaux de nourriture sur lesquels il pourrait se jeter.

Elle gesticulait dans tous les sens, prenant des ustensiles à droite, à gauche, en haut, en bas, en dessous, au-dessus, devant, derrière, Marthe s'était transformée en déesse hindoue, elle était maintenant la "Shiva" des fourneaux en action. Les casseroles s'entrechoquaient, les flammes de la gazinière crépitaient sous les culs des poêles et poêlons, les couteaux virevoltaient, les épluchures s'envolaient et s'éparpillaient en retombant sur la table dans un bruit mat, les pots, bols et récipients en tous genres s'entrechoquaient et l'eau s'écoulait en cascade dans l'évier. Tous ces bruits commençaient à former une sorte de mélodie. Les coups cadencés du couteau sur la planche à découper battaient la mesure, l'essoreuse à salade tournant à toute vitesse ressemblait au bruit que font des cymbales, les cuillères qui touillaient à vive allure et tapaient le bord des casseroles imitaient le bruit des coups sur une grosse caisse, le rythme endiablé de tous ces ustensiles culinaires joué en harmonie convertit la simple musiquette du début en un véritable concert. Marthe s'était de nouveau transformée sous mes yeux, elle s'était changée en une femme-orchestre et elle nous jouait la "symphonie des fourneaux" comme personne. C'était grandiose, c'était digne d'être joué au palais Garnier, à l'opéra de Venise ou même à la Scala de Milan. J'étais scotché devant ce spectacle étonnant, je n'osai plus bouger de peur d'interrompre ce moment inoubliable où le temps semblait suspendu devant tant de beauté, tant de délicatesse. C'est en assistant à ce genre de spectacle qu'on se dit que la vie vaut la peine d'être vécue.

Sous l'effet de la réaction Maillard, *(je vous avoue l'avoir appris il y a peu de temps, merci à mes amis québécois)* une bonne odeur de viande grillée emplissait toute la maison. Cela commençait à devenir intéressant pour le gourmand que je suis, j'en avais déjà la langue pendante.

Tout en chantonnant, elle s'affairait au milieu de ce désordre indescriptible. Elle versait des quantités hallucinantes d'huile d'olive, de louches de beurre et de crème fraîche dans ses poêles et casseroles, toutes les calories consommées par la Somalie en année pleine étaient concentrées dans les plats qu'elle nous élaborait *(ça me rappelle une vidéo devenue "culte" avec Michel Boujenah, sur la préparation de la "brick à l'œuf" allez la voir sur internet pour une franche rigolade).* Elle sortait des bouteilles de différents vins qu'elle apportait rapidement sur la table et qui maintenant formaient

devant moi une muraille de verre des plus allé-
chantes. Je la vis attraper une bouteille d'armagnac et
en verser une bonne moitié dans sa préparation, d'un
coup, des flammes gigantesques jaillirent de sa poêle
et éclairèrent la cuisine d'une lumière jaune orangé,
je voyais ses yeux briller à la lueur de cet embrase-
ment. Dans une ultime métamorphose, la sorcière
vaudou en transe qu'elle était devenue semblait dan-
ser devant son œuvre démoniaque qui se formait
sous nos yeux, elle suait à grosses gouttes et s'épongeait régulièrement le front avec sa manche d'un re-
vers de bras.

Je me préparai en pleine conscience, à chambou-
ler mon organisme, à faire monter mon cholestérol
au-delà des limites du raisonnable, à tapisser mes ar-
tères d'une couche de gras, à faire la fête à mon taux
de triglycérides, à affoler mon compteur de glycémie,
à faire trimer mon estomac et mon foie au-delà du
raisonnable, à bouleverser la vie peinarde de mon in-
testin, à inverser le pourcentage d'alcool dans mon
sang pour devenir une mesure du taux de sang dans
l'alcool et tout simplement à me faire péter la sous-
ventrière.

Tout à mes pensées, je servis les deux verres de vin
de Maury. *(Que les viticulteurs de cette région des Pyrénées*
orientales n'hésitent pas à me remercier pour toute cette publi-
cité gratuite qui touchera des millions et des millions de per-
sonnes à travers le monde. Je suis même en pourparler avec la
NASA pour envoyer un exemplaire de mon livre sur Mars la
planète (du) rouge, vous voyez le marché potentiel !)

Pour accompagner ce doux breuvage, je coupai en fines rondelles la saucisse sèche tout en grignotant quelques noix de Grenoble.

Arrivée dans le séjour, elle sortit du buffet une nappe que je m'empressai de lui prendre des mains pour l'étaler sur la table, deux assiettes, deux serviettes, quatre verres à pied et des couverts pour finir le dressage de la table. Elle regarda vers la petite table basse du salon où nous attendaient les verres de Maury que j'avais servis.

— Vous nous prenez pour des fillettes, me dit-elle avec son fort accent du sud-ouest, elle prit la bouteille et nous remplit nos verres à ras bord, « voilà, c'est comme cela que nous servons l'apéritif chez nous. »

Elle prit son verre et le leva devant elle, je fis de même et on choqua nos verres dans ce geste bien connu des amateurs d'apéro.

— Santé, Monsieur Gil, me dit-elle, et elle but d'un trait la moitié de son verre.

— Santé à vous aussi Marthe, en me versant une bonne rasade de ce nectar viticole dans le gosier.

Elle prit une poignée de tranches de saucisson et de petits cornichons dans une main et son verre dans l'autre et elle repartit finir son chef-d'œuvre culinaire.

Je finis tranquillement mon verre, tout en grignotant les tranches de saucisson qui restaient, en les accompagnant de ses mini cornichons maison croquants à cœur et de quelques noix. Le rythme venant de la cuisine était devenu plus calme et plus doux, le grésillement des différentes cuissons était aussi enchanteur que les trilles des merles moqueurs dans les arbres.

(Vous vous rappelez, je vous avais demandé de préparer de l'alka seltzer ou du citrate de bétaïne, c'est le moment de les sortir !)

Je la vis arriver de la cuisine les bras chargés, vite je m'installai à table et rapidement nouai ma serviette blanche autour de mon cou, je ne voulais pas louper le début de ces agapes. *(J'aime bien cette partie de mon enquête !)*

Elle nous servit deux belles tranches de foie gras dont je me délectai sur des grandes tartines de pain qu'elle avait grillées juste comme il faut. Pour accompagner cette entrée, elle nous servit un Sauternes liquoreux à souhait. Cette petite mise en bouche fut suivie d'une assiette pleine de ses fameuses aiguillettes de canard au poivre gorgées d'armagnac. Aiguillettes de canard qu'elle avait préparées avec délicatesse en prenant soin d'enlever le nerf du milieu. Cette assiettée gargantuesque était accompagnée d'un verre de Malepère rouge, tannique juste comme il faut, pour garder le bon goût du canard en bouche.

Elle nous servit dans une autre assiette une montagne de pommes de terre rissolées avec ce goût particulier et délicieux que leur avait apporté la cuisson à la graisse de canard, elles étaient croustillantes à l'extérieur et tendres à l'intérieur, un régal. La salade apporta la petite touche qu'il fallait de fraîcheur et d'acidité avant d'attaquer la grosse part de gâteau basque fourré à la crème pâtissière à l'amande et au rhum, que je fis descendre à grands verres de Juran-çon "vendanges tardives". Pour finir en beauté, elle ressortit son Armagnac hors d'âge que l'on dégusta assis confortablement dans son canapé avec un bon expresso bien chaud.

Léon vint s'allonger à nos pieds pour profiter des quelques morceaux de gâteau que Marthe lui donna généreusement.

Après un long moment à savourer cette merveil-leuse eau-de-vie du sud-ouest, elle se tourna vers moi.

— Allez Monsieur Gil, maintenant que nous sommes rassasiés, je suis prêt à répondre à vos ques-tions. Que voulez-vous savoir ?

— Avant toute chose, je vous remercie pour ce fabu-leux repas, ou plutôt Léon et moi, nous vous remer-cions pour cet extraordinaire moment gastrono-mique et en m'adressant à Léon « Allez mon gros, dit merci à Marthe pour cette généreuse gamelle qu'elle t'a donnée » Il comprit tout de suite, se re-dressa, posa une patte sur les genoux de Marthe et la regarda droit dans les yeux en penchant sa tête, il avait une sacrée technique pour faire fondre les gens. Émue de ce geste attendrissant, elle posa sa main sur la tête de Léon et commença à le caresser douce-ment.

Après ce moment riche d'émotion, Léon se cou-cha de tout son long à nos pieds et entama une sieste digestive. Je pris mon blouson que j'avais posé sur l'accoudoir du canapé et dégainai mon calepin d'en-quêteur.

— Voilà les quelques questions que je voulais vous poser. En premier, donnez-moi vos horaires habituels de service.

— Mes horaires de travail sont de douze heures à vingt heures, avec une pause de quinze à seize heures tous les jours de la semaine. Les week-ends, je ne travaille pas, sauf si Madame organise une réception ou un repas.

— Pouvez-vous me dire, avec les heures si vous vous en souvenez, tout ce que vous avez fait, vu et entendu jeudi après-midi.

— Pour ce qui s'est passé cette après-midi-là, c'est tout simple. À la fin du déjeuner que j'ai servi à Monsieur et Madame, je suis restée dans la cuisine jusqu'au service du dîner où vous étiez présent d'ailleurs et j'ai quitté la maison à vingt heures comme d'habitude.

— Vous n'y êtes pas sortie de l'après-midi ?

— Non, à aucun moment.

— Et que y faisiez-vous ?

— J'ai préparé les repas et fait plusieurs lave-vaisselle pour nettoyer les couverts et toute la vaisselle utilisés mardi soir que je n'avais pas eu le temps de passer au lavage le mercredi. Laetitia a fait quelques allées et retours avec le chariot ou avec un plateau pour venir les chercher au fur et à mesure que je les lavais afin de les ranger dans le vaisselier de la salle à manger. Je me souviens aussi que pendant ma pause, Julien est venu chercher un "goûter" pour lui et Monsieur. Je lui ai préparé vite fait un plateau avec du pâté, du saucisson, du pain et des bières et il est reparti aussitôt. A seize heures, Laetitia est venue prendre son temps de repos habituel jusqu'à seize heures trente. Voilà, je crois que je n'ai rien oublié … Ah si ! mon fils Jean-Michel est passé en coup de vent vers dix-sept heures pour me réclamer encore une fois de l'argent et il est même allé porter un plateau à Laetitia plein de vaisselle dans la salle à manger. Il s'arrange toujours pour voir Laetitia quand il vient, il en pince pour elle mais ce n'est absolument pas réciproque et je la comprends. Qui voudrait d'un "bon à rien" comme mon fils ! Quand il est revenu dans la cuisine, il a pris l'argent qu'il m'avait demandé et le petit sac de nourriture que je lui avais préparé et il est reparti.

J'avais un nouveau suspect avec une filiation de vaurien qu'étrangement personne n'avait croisé dans la maison ! *(Quel rebondissement extraordinaire ! Je ne m'y attendais pas du tout et je suis aussi surpris que vous !)*

— Votre fils est venu vous voir ! Mais comment est-il entré sans être vu par les jardiniers qui étaient devant la maison ?

— Quand il vient, il fait le tour de la maison par le parc pour éviter de passer devant la porte d'entrée et il frappe à une des fenêtres de la cuisine pour que je lui ouvre la porte de service qui est sur le côté.

— Il vient souvent vous rendre visite ?

— Malheureusement oui, il vient régulièrement me demander de l'argent et il en profite pour prendre de quoi manger !

— Vous me dites qu'il est allé voir Laetitia, combien de temps est-il resté avec elle ?

— Je ne sais pas. Quatre ou cinq minutes, pas bien longtemps, juste le temps de lui déposer le plateau et peut-être de lui glisser un mot ou deux.

— À quelle heure est-il parti ?

— C'était aux alentours de dix-sept heures quinze.

— Il n'est pas resté longtemps ! Il avait des paquets avec lui en sortant ?

— Non. Vous savez, il vient toujours les mains dans les poches et il n'avait rien de plus en sortant, hormis le sac en plastique que je lui ai donné avec un peu de nourriture.

— Personne d'autre n'est entré par cette porte de service ?

— Non, il n'y a eu que Jean-Michel qui soit entré par là.

— Elle est souvent utilisée ?

— Oui, nous l'utilisons lorsque nous avons des livraisons pour la cuisine et pour sortir à la fin de notre service.

— Laetitia est donc sortie par là à la fin de son service, jeudi ?

— Oui bien sûr, comme tous les jours. Nous rangeons nos affaires personnelles dans le petit vestiaire qui se trouve derrière au bout de la cuisine et en fin de service, nous nous changeons ici et sortons de la maison en prenant cette porte.

— Elle avait un paquet quand elle est sortie ?

— Un paquet ? Non, elle avait juste son sac à main.

— Cette porte de service est toujours fermée ?

— Oui, c'est une sortie de secours et il n'y a pas de poignée, ni serrure à l'extérieur, il faut obligatoirement l'ouvrir de l'intérieur en poussant la barre "anti-panique".

— Durant cette après-midi, avez-vous vu quelqu'un passer devant les fenêtres ?

— Non, personne n'est passé par ce côté de la maison ou alors très rapidement sans que je le remarque.

— Vous avez entendu du bruit et des conversations dans la "pièce des collections" qui est juste au-dessus de la cuisine ?

— Non, de la cuisine, nous n'entendons jamais rien venant de l'étage.

— Êtes-vous déjà entrée dans celle-ci ?

— Oui souvent, j'y apporte des boissons et des en-cas à Madame quand elle y travaille.

— Y êtes-vous entré récemment ?

— Oui, ce lundi. En début d'après-midi, elle m'a demandé de lui apporter un thé, votre tante y faisait du rangement avec Monsieur Julien.

— Avec le thé que vous lui avez servi, lui avez-vous apporté une part de gâteau avec une petite fourchette ?

— Non, elle m'avait juste demandé un thé.

— Une dernière question, j'ai remarqué dans votre cuisine qu'il y avait un cendrier et je n'en vois aucun chez vous, je présume donc que vous ne fumez pas. Alors, ce cendrier dans la cuisine, c'est pour Laetitia quand elle prend sa pause ?

— Non pas du tout ni Laetitia ni moi ne fumons, c'est pour Monsieur Julien, votre tante ne veut pas qu'il fume dans la maison, alors il vient de temps en temps en griller une dans la cuisine, la fumée ne me gêne pas.

— Bien, ça explique sa présence. Merci de vos réponses. Pouvez-vous me donner les coordonnées de votre fils, j'aimerais bien le questionner, on ne sait jamais, il a peut-être vu quelque chose.

Elle se leva, fouilla dans son sac à main, ouvrit un petit carnet pour le consulter et griffonna sur un papier qu'elle me tendit.

— Il habite chez une amie en ce moment, je vous ai noté l'adresse avec le numéro du bâtiment et l'étage. Je vous ai mis aussi son numéro de portable si vous voulez le joindre au téléphone.

Je lus le papier et remarquai que l'amie de son fils, une certaine Lola, habitait la cité "des beaux soleils" à côté de chez moi.

Je me levai difficilement, ma tête tournait un peu.

— Merci pour tout, nous avons passé un agréable moment et à l'adresse de pépère qui était toujours en plein sommeil à nos pieds « Allez mon Léon, on y va ».

Nos repas pantagruéliques nous avaient épuisés et après un bâillement à s'en décrocher la mâchoire et une petite séance de stretching, Léon se mit aussi difficilement que moi sur ses pattes. Pas facile de soulever les kilos de nourriture qui encombraient nos ventres.

Elle nous raccompagna jusqu'à sa porte.

— Vous êtes en état de conduire ?

C'est vrai que je me sentais un peu "pompette" mais je la rassurai.

— Ne vous inquiétez pas, j'ai de quoi vérifier mon état d'ébriété dans ma voiture s'il le faut.

— Alors, soyez prudent, au revoir.

Je descendis les escaliers en me tenant bien à la rampe, j'avais l'impression d'avoir la tête à l'envers et Léon me suivait tout aussi difficilement, sa bedaine qui touchait presque le sol l'empêchait de dévaler les escaliers comme il en avait l'habitude.

On réussit à rejoindre la voiture et Léon s'allongea tout de suite sur sa banquette pour poursuivre le roupillon réparateur débuté chez Marthe. Pour ma part, je sentais bien que les vapeurs d'alcool étaient loin d'être dissipées et j'avais bien conscience de ne pas être physiquement en état de conduire. J'allongeai au maximum le siège de la Clio et je m'y installai aussi confortablement que possible pour digérer tranquillement et surtout pour faire descendre mon taux d'alcool sanguin qui était assurément au-dessus de celui autorisé. Je m'endormis immédiatement.

Je fus réveillé par de petits coups donnés sur ma portière qui firent grogner Léon derrière moi. J'ouvris les yeux et je vis un policier qui me fit signe d'abaisser ma vitre. Je m'exécutai.

— Bonjour, Police nationale, vous vous sentez bien, Monsieur ?

— Oui, oui je vais bien, merci, j'ai eu un coup de fatigue et cette petite sieste m'a fait du bien.

Il me fixa du regard un moment et jugeant que mon état devait correspondre à la normale, il me dit.

— Bon très bien, bonne journée.

Heureusement qu'il m'avait réveillé, sinon je passais la nuit dans la voiture. Je regardai ma montre, il n'était pas trop tard pour aller rendre visite à Laetitia et entendre sa version des faits sur la venue de Jean-Michel qu'elle m'avait cachée. Je l'appelai au téléphone sur son mobile et elle décrocha rapidement.

— Allo !

— Bonjour, Laetitia, c'est Monsieur Gil.

— Bonjour, pourquoi m'appelez-vous, il s'est passé quelque chose ?

— Non, ne vous inquiétez pas. Je vous prie de m'excuser de vous téléphoner pendant un jour de repos, mais j'ai encore quelques questions à vous poser sur ce que vous avez fait jeudi après-midi.

— Ah, c'est pour ça ! Bien, allez-y posez moi vos questions.

— Euh, ce n'est pas facile au téléphone, j'aimerais mieux vous parler en direct. Je peux venir vous voir chez vous ?

Elle hésita.

— Je ne suis pas chez moi en ce moment !

— Ce soir peut-être ?

— Non, je rentre très tard.

— Bon, alors demain, cela sera possible ?

— Mais demain c'est dimanche ! Ça ne peut pas attendre lundi à "la Châtaigneraie" ?

— Non, j'aimerais bien avancer rapidement sur mon enquête, je ne vous ennuierai pas longtemps.

De nouveau, elle hésita.

— Bon, d'accord, venez en fin de matinée. Vous avez mon adresse ?

— Oui, ma tante m'a donné toutes vos coordonnées. À demain, passez une bonne soirée.

— À demain, Monsieur Gil.

J'étais impatient d'avoir ses réponses sur ce rebondissement inattendu du passage du fils de Marthe et de voir sa réaction quand je lui poserai la question mais il fallait que je prenne mon mal en patience.

Par contre, je pouvais aller voir Jean-Michel pour qu'il me raconte ce qu'il avait fait et ce qu'il avait vu lors de ce rapide passage dans la maison. Je l'appelai sur le numéro que m'avait donné sa mère mais pas de réponse, je tombais chaque fois sur le répondeur. Le mieux que j'avais à faire, vu qu'il n'habitait pas loin de chez moi, était d'y passer en rentrant.

Avant de reprendre la route, j'attrapai l'éthylotest que j'avais depuis des lustres dans la boîte à gants. Je le sortis de sa pochette et suivis son mode d'emploi. Rassuré par la couleur du réactif qui était resté jaune, je pus démarrer avec la conscience tranquille.

Trouver l'appartement de Lola avec les indications de Marthe fut facile. Je sonnai à la porte et après une attente interminable, la porte s'ouvrit sur une petite brune boulotte avec une coupe de cheveux à la Jeanne d'Arc. Elle portait un tee-shirt noir à manches bariolées, quoiqu'en regardant plus attentivement, je remarquai que ce que j'avais pris pour des manches bariolées était en fait ses bras recouverts entièrement de tatouages multicolores, elle devait en avoir sur tout le corps car j'en voyais plusieurs qui essayaient de s'échapper par son col et qui avaient déjà recouvert une partie de son cou. Elle avait un visage tout rond et tout rose comme un petit porcelet et pour compléter le côté "bête de foire", elle avait un anneau dans le nez et un autre pris dans l'un de ses sourcils. Pour finir, elle portait bien sûr la caricaturale paire de jeans déchirés aux genoux des rebelles urbanisés qui pensent se personnaliser mais qui font tout le contraire en devenant esclaves de la mode du moment. Le tout, formait le contraire de mon idéal de beauté au féminin, soit dit en passant.

— Ouai, zé pour quoi !

Elle avait un piercing sur la langue qui la faisait un peu zozoter.

— Bonjour, je voudrais voir Jean-Michel, c'est sa mère qui m'a dit que je pourrais le trouver chez vous.

— Zean Missel ? Ah, Zean-Mi. Non il n'est pas là !

— Vous savez quand il rentre ?

— Ah non, Zean-Mi, on zait quand y part, mais zamais quand y rentre !

— Il sera là demain dans la journée ?

— Vous pouvez touzours ezayer, mais vous rizquez de vous cazer le nez.

— Bon, je tenterai le coup demain quand même, au revoir, bonne soirée.

Désolant, j'aurais bien voulu avoir les réponses tout de suite. Il ne me restait plus qu'à rentrer chez moi.

À la maison, je pris mon chevalet et sous le regard de mon fidèle second assis près de moi, je retranscrivis minutieusement les données de mon calepin sur les grandes feuilles blanches. C'était compliqué car il fallait que je synthétise les données horaires de chacun afin de pouvoir déterminer à quel moment le vol aurait pu être commis. N'y arrivant pas, je me résolus à allumer mon antédiluvien PC pour y ouvrir mon "Excel lent tableur" et y créer un beau tableau informatique. *(Celle-là, c'est pour les fans de Microsoft)*

Après y avoir noté les horaires récoltés dans mes premières entrevues, je déterminai que si le vol avait été commis par des "monte-en-l'air", option que je ne pouvais toujours pas écarter, il aurait pu avoir lieu entre quinze heures quarante-cinq, heure de départ d'Amédée et dix-huit heures trente, heure de mon intervention pour fracasser la porte.

Mais si le vol a été perpétré par une des personnes présentes dans la maison, le créneau était alors beaucoup plus restreint, il allait de seize heures trente à dix-sept heures quinze. Pendant ce laps de temps, la porte de la "pièce des collections" était toujours ouverte et tous se sont retrouvés seuls durant quelques minutes dans cette période de temps. Le notaire dans le bureau, Marthe à la cuisine, Laetitia dans la salle à manger et Julien quand il est sorti du salon télé.

Pour valider mon tableau, il ne me restait plus qu'à obtenir la confirmation par le notaire de ses horaires mentionnés par les autres.

L'inconnue était maintenant la présence pendant quelques minutes de Jean-Michel à ce moment de l'après-midi. J'avais hâte de l'interroger pour savoir ce qu'il avait fait et vu et j'avais tout aussi envie d'avoir les réponses de Laetitia à ce sujet.

Le chapitre 9 tombe le DIMANCHE. Désolé de vous empêcher de profiter pleinement de la messe ou de votre grasse matinée.

À dix heures, après avoir rongé mon frein depuis le réveil, je laissai Léon seul à la maison et je sautai dans ma voiture et pris la direction du quartier ouest de la ville où habitait Laetitia. Elle logeait dans un luxueux petit immeuble neuf de trois étages, d'architecture moderne, dans un quartier calme et principalement pavillonnaire. Je sonnai à l'interphone et elle me répondit rapidement.

— Oui, qui est-ce ?

— Bonjour, c'est Monsieur Trouver.

— Qui ça ?

C'est vrai qu'elle ne me connaissait que sous un autre nom.

— C'est Monsieur Gil, c'est pour vous poser de nouvelles questions sur ce qui s'est passé jeudi après-midi le jour du vol du tableau.

— Ah oui. Montez, je vous ouvre la porte, c'est au premier étage.

J'entendis la serrure électrique s'ouvrir, je poussai la porte vitrée, passai le hall et montai par l'escalier au premier.

Une porte de palier était ouverte et elle m'attendait devant.

— Bonjour, Monsieur Gil.

— Bonjour Laetitia.

C'était une jeune femme approchant la trentaine, elle était svelte avec une jolie petite frimousse entourée de courts cheveux châtains bouclés. Elle travaillait pour mon oncle et ma tante depuis presque deux ans, en remplacement de leur précédente employée de maison partie à la retraite. Ils en étaient très satisfaits malgré le salaire plus élevé que d'ordinaire pour un tel poste, salaire qui était justifié, selon Tata, du fait de ses études de gouvernante d'hôtel.

Elle m'invita dans son petit appartement. On passa une cuisine ouverte dont le comptoir la séparait du reste de la pièce principale où l'on entrait directement face à une large fenêtre donnant sur la rue, qui apportait la lumière.

Cela sentait bon le propre, genre lavande, il n'y avait pas un gramme de poussière, pas de salissure, les sols, les murs, les vitres, tout était nickel.

— Excusez-moi du désordre mais je suis en plein ménage.

En effet, j'avais vu qu'il y avait encore le seau, le balai et la serpillière sur le sol de la petite cuisine accompagnés d'un petit sac poubelle plein et noué prêt à être descendu.

J'aurais bien aimé avoir un désordre comme cela dans mon appartement, ici tout était rangé au carré, rien ne dépassait, l'adjudant-chef de mes souvenirs d'armée n'aurait rien eu à redire à un "désordre" comme celui-là.

— Asseyez-vous, en me montrant le canapé, « je vous sers un verre. Vous voulez un soda, un jus de fruits ou peut-être même un verre d'alcool ? »

— Non merci, juste un verre d'eau me conviendra, j'ai déjà beaucoup trop bu hier. *(Vous voyez comme je suis raisonnable de temps en temps)*

Elle alla dans sa cuisine, sortit deux verres et une bouteille d'eau du réfrigérateur puis fourgonna dans ses placards. Pendant ce temps, je regardai autour de moi. C'était meublé chic et simple avec du mobilier moderne tout en angles droits.

Elle apporta les deux verres, la bouteille d'eau et quelques petits biscuits sucrés qu'elle posa sur la petite table basse après avoir enlevé les magazines, les catalogues de voyages et le cendrier qui s'y trouvaient.

— Alors, vous avez encore des questions à propos de ce que j'ai fait cet après-midi-là ?

— Oui, ça ne sera pas long, ce ne sont que des précisions dont j'ai besoin.

Je bus une gorgée d'eau fraîche et pris mon petit calepin prêt à noter ses nouvelles réponses.

J'attaquai bille en tête.

— Marthe m'a dit que son fils était passé dans l'après-midi et qu'il vous avait apporté un plateau plein de vaisselle à ranger.

Elle prit un air étonné.

— Ah non, je n'ai pas vu Jean-Michel cet après-midi-là, m'apportant un plateau…un plateau… attendez, je me souviens que dans l'après-midi, j'ai trouvé un plateau plein de vaisselle à ranger posé sur la table de la salle à manger mais je me suis dit que c'était Marthe qui me l'avait apporté.

— Vous ne l'avez pas vu ? Pourtant vous êtes toujours restée dans la salle à manger.

— Non, je faisais des allers et retours à la cuisine et à aucun moment je n'ai croisé le fils de Marthe. C'est vrai que j'ai aussi rangé de la vaisselle dans le meuble du salon de réception, le vaisselier de la salle à manger était plein. C'est sûrement à un moment où j'étais dans le salon qu'il est venu porter le plateau, c'est la seule explication possible.

— Peut-être, mais cela veut dire que quand vous étiez dans le grand salon, quelqu'un pouvait passer dans le hall sans être vu.

— Eh bien oui, c'est possible. Je n'y avais pas pensé, je suis désolée mais ce n'était que de très courtes absences, juste le temps de déposer la vaisselle dans le meuble.

— Avez-vous vu Julien sortir une deuxième fois du salon télé, mon oncle n'est pas sûr, mais il pense qu'il est sorti une deuxième fois dans l'après-midi ?

— Non, il doit confondre les jours car je n'ai vu Monsieur Julien qu'une fois quand il a fait l'aller et retour à la cuisine pour chercher un encas. Quoique maintenant, je ne suis plus certaine, il a pu passer rapidement une deuxième fois dans le hall et comme pour Jean-Michel, c'était un moment où j'étais dans le salon et j'aurais pu ne pas le voir.

— Vous m'avez dit que vous faisiez le ménage de la "pièce des collections" tous les lundis, ouvrez-vous les fenêtres pour l'aérer, comme vous faites pour les autres pièces ?

— Non, il n'y en a pas besoin car cette pièce a un système de climatisation.

— Les jours précédents, il y a eu une visite de personnes que vous ne connaissez pas ou des colporteurs, des représentants, des ouvriers ou autres ?

— Non, personne d'inconnu n'est entré dans la maison depuis des mois.

— Vous connaissiez déjà tous les invités de ma tante lors du dîner de mardi soir ?

— Oui, c'était tous des personnes de son cercle de bridge, qu'elle invite régulièrement.

Je finis mon verre en grignotant quelques gâteaux tout en consultant mes écrits sur mon calepin.

— Bon, je n'ai plus de questions à vous poser pour le moment. Vous voyez, ce n'était pas long. Je refermai mon calepin. « Merci de ces précisions, c'est bien pour mon enquête d'avoir le plus de détails possible et désolé de vous avoir imposé cette visite un dimanche. »

— Vous ne m'avez pas dérangée, je suis toujours levée de bonne heure et je profite de mon dimanche matin pour faire le ménage à fond.

En me levant du canapé, je lui demandai.

— Je peux utiliser vos toilettes avant de partir ?

— Oui, et en me désignant la porte au fond, « ils sont dans la salle de bains, c'est la porte à gauche dans le petit couloir juste avant ma chambre. »

J'entrai dans le petit couloir et refermai la porte derrière moi. Celle qui se trouvait face à moi était fermée, je l'ouvrai sans un bruit et j'y jetai un coup d'œil. C'était la chambre, tout y était propre et bien rangé. Une grande armoire vitrée dans un coin et un lit deux places avec de chaque côté de petites tables de nuit où était posée une lampe de chevet, avec quelques livres sur celle de droite et des magazines et un cendrier sur celle de gauche, composaient le mobilier. Je refermai doucement la porte et entrai dans la salle de bain, là aussi tout était propre et cela sentait bon le détergent à la lavande. Au-dessus du lavabo, il y avait une armoire de toilette dont je me permis de faire l'inventaire.

Après avoir tiré la chasse d'eau et fait couler de l'eau dans le lavabo, je retournai dans le séjour où je retrouvai Laetitia qui m'attendait debout près du canapé.

— Merci encore de votre aide, je vous verrai demain à "la Châtaigneraie", je dois de nouveau y retourner.

— C'est normal de vous aider. Il faut que Madame soit rassurée en ayant la certitude que ce sont bien des "monte en l'air" qui ont fait le coup et qu'ils sont bien passés par la fenêtre, comme vous l'a dit l'inspecteur de police.

Elle me tendit la main.

— Au revoir, Monsieur Gil, à demain.

Je lui serrai la main puis je me dirigeai vers la porte d'entrée et en passant devant la cuisine.

— Je vous prends votre petit sac poubelle, je le jetterai en sortant dans un des conteneurs du local que j'ai vus dans le hall d'entrée de l'immeuble en arrivant, comme cela vous n'avez pas besoin d'y descendre. Elle n'eut pas le temps de répondre, je pris le sac plastique et sortis.

En descendant l'escalier, j'entendis sa porte se refermer. Je m'empressai d'ouvrir le sac poubelle et fouillai dedans dans l'éventualité d'y trouver quelque chose d'intéressant. *(Non, ce n'est pas pour faire de la "récup", je ne suis pas encore nécessiteux à ce point !)*

Mon travail d'investigation fait, je repris ma voiture et avant de rentrer chez moi, je tentai de nouveau ma chance chez Lola, « Zean-Mi » sera peut-être là ! *(Je sais, ce n'est pas beau de se moquer.)*

Ce coup-ci, pas d'attente, au premier coup de sonnette la porte s'ouvrit sur la copie conforme de Marthe, mais en homme jeune. Sans aucun doute, c'était bien "Jean-Mi". Le choc fut intense pour moi, un grand gaillard jovial et bien en chair se trouvait devant moi, seuls les yeux vitreux et injectés de sang nous indiquaient qu'il était passé de l'addiction au gras à l'addiction aux herbes et que ce n'était pas du serpolet. Pour lui aussi, cela fut un étonnement, il s'attendait visiblement à une autre visite que la mienne, il était nu comme un ver avec juste sa main cachant ses attributs sexuels et son visage qui arborait un sourire radieux s'assombrit d'un coup.

Il repoussa la porte prestement et ne la laissa qu'entrebâillée. Il encadra son visage dans l'ouverture.

— Que voulez-vous ?

— Bonjour, je suis passé hier, j'ai vu Lola …

— Elle n'est pas là, elle ne rentre que dans deux jours et il referma la porte.

D'un geste rapide, je l'en empêchai en coinçant mon pied entre la porte et le chambranle *(pour ceux qui ont lu ma précédente aventure : je porte des chaussures ce coup-ci !)* et enchaînai rapidement.

— C'est elle qui m'a dit que vous seriez là aujourd'hui et c'est votre mère qui m'a donné cette adresse où je pouvais vous trouver. J'enquête sur un vol qui a eu lieu jeudi à "la Châtaigneraie" où votre mère travaille et vous y êtes justement passé la voir cet après-midi-là, à ce qu'elle m'a dit. Je voudrais vous poser quelques questions sur ce que vous avez vu et fait.

Il consentit à entrebâiller sa porte de nouveau.

— Vous êtes de la Police ? Il y avait de l'anxiété dans sa voix.

— Non, je suis détective privé, j'enquête pour le compte de la patronne de votre mère et comme je travaille en coopération avec la police, ils ne viendront pas vous interroger. *(Oh, le gros mensonge !)*

Cela eut l'air de lui plaire.

— OK, dépêchez-vous, j'attends quelqu'un. Que voulez-vous savoir ?

— Durant le temps où vous étiez à "la Châtaigneraie" pour voir votre mère, êtes-vous sorti de la cuisine pour aller dans une autre pièce ?

— Oui, je suis allé dans la salle à manger porter un plateau à Laetitia rempli de vaisselle.

— Vous l'avez vue ?

— Non, elle n'était pas dans la salle à manger mais comme je ne voulais pas être vu dans la maison, je n'ai pas pris le temps d'aller voir dans les autres pièces si elle y était. J'ai déposé le plateau sur la table et je suis tout de suite retourné dans la cuisine. Il fallait surtout que j'évite de rencontrer la patronne de ma mère qui me déteste. Quand je suis arrivé par le côté de la maison, je l'avais entendue parler très fort devant le porche et elle pouvait entrer à tout moment.

— Vous avez vu quelqu'un d'autre ou entendu une conversation quand vous étiez dans le hall ?

— Non, je n'ai vu personne ni rien entendu.

— Même dehors dans le parc, vous n'avez vu personne ?

— Non, je n'ai croisé personne dans le parc.

J'entendis derrière moi quelqu'un monter dans les escaliers. Je me retournai et devant-moi, apparut la parfaite illustration de la "gothique".

C'était une jeune femme toute menue avec un air déprimé, de celle qui supporte toute la misère du monde. Elle était brune au teint cireux et aux lèvres badigeonnées de "noir-à-lèvres". Elle avait des clous, vis et épingles répartis dans le nez, les oreilles et les lèvres, ses sourcils et cils étaient maquillés outrageusement en noir, du vernis noir recouvrait ses ongles et de gros colliers en argent, ornés de têtes de mort et de squelettes pendaient à son cou.

Elle était habillée d'une robe noire à manches courtes et de gros godillots noirs avec des semelles de vingt centimètres d'épaisseur. Ses bras, ses jambes et une partie de son visage étaient recouverts de tatouages à l'encre noire *(je crois que vous avez compris qu'elle aime le noir !)* représentant des têtes de mort, des pierres tombales, des cercueils, des chauves-souris, des squelettes, des morts-vivants, des croix, des vampires et plein de signes cabalistiques inconnus du profane que j'étais.

Elle avait des écouteurs dans les oreilles d'où sortait une musique qu'elle devait écouter à fond et je reconnus un vieux tube du groupe de rock américain "Christian Death" *(OK, vous vous doutez bien qu'internet m'a beaucoup aidé !)*

Me retournant vers "Jean-Mi".

— Votre gaie et chaleureuse invitée est arrivée !

— Ce n'est pas ce que vous croyez !

— Non bien sûr. Bon je vous laisse … broyer du noir avec votre amie.

Je dévalai les escaliers laissant ce couple chasser leurs idées noires par cette activité plus réjouissante qu'ils avaient prévue et je rentrai directement chez moi retrouver mon pépère Léon. Je complétai mon "tableau des heures" avec les dernières informations reçues, qui contrairement à ce que j'avais espéré, compliquaient un peu plus la résolution de cette enquête.

Enfin on profita ensemble du reste de cette journée pour prendre un peu de repos bien mérité, la fin de semaine avait été des plus fatigantes, vous en conviendrez.

Chapitre 10. 1,2,3, salut les copains.
LUNDI

Lundi en fin de matinée, je repris le chemin de la Châtaigneraie. En arrivant devant la maison, je reconnus un de mes vieux amis à qui j'avais donné rendez-vous.

Je me garai près du perron et ouvris ma vitre silencieusement pour ne pas réveiller Léon qui était endormi profondément sur sa banquette, les pattes en l'air et la tête en arrière. Il avait dû avoir une nuit difficile puisque d'habitude, il s'agitait dès que nous passions le portail de "la Châtaigneraie". Tant pis pour lui, je sortis sans bruit de la voiture et me dirigeai vers mon vieux pote, la main tendue.

— Bonjour, Emmanuel, merci d'avoir pu te libérer aussi vite.

— Bonjour Gil. Cela n'a pas été difficile et c'est bon de revenir à "la Châtaigne" et d'avoir le plaisir de revoir ton oncle et tante. Cela nous rappellera les bons souvenirs des fêtes que nous faisions ici du temps de cette période d'insouciance qu'a été notre jeunesse !

— C'est sûr, mais avant d'entrer les voir, j'aimerais ton avis de grimpeur émérite. Viens, suis-moi, ce que j'ai à te montrer est sur l'autre façade.

En faisant le tour du bâtiment, je lui expliquai ce qu'était mon nouveau métier, pourquoi mon oncle m'avait appelé et lui racontai en détail mes découvertes, mes doutes et la conclusion de la police sur ce vol.

— Eh bien, tu as enfin concrétisé ton désir de devenir détective privé. Depuis le temps que tu nous en parlais, c'est bien d'aller au bout de ses rêves.

— Oui je suis assez content de ma décision, c'est un métier passionnant où l'on fait des rencontres étonnantes. On arriva sur le côté de la maison « Voilà la façade que, selon la police, les "monte-en-l'air" auraient escaladée. Qu'en penses-tu, c'est faisable ou pas ? »

Emmanuel était LE spécialiste, il était un virtuose dans son art. De la varappe à l'escalade jusqu'à l'alpinisme de haute montagne, il connaissait tout, il avait tout pratiqué de manière quasi professionnelle et il avait à son actif quelques belles courses sur les sommets les plus hauts du monde. Plus jeune, pour épater tout le monde, mais surtout les filles, il escaladait les façades des immeubles et il arrivait à gravir des parois qui nous semblaient lisses ou à marcher les yeux fermés sur les bords des toits, c'était un véritable équilibriste.

Il se mit au pied de la façade et prit beaucoup de temps à l'ausculter. Puis, sans un mot, il inspecta les moindres aspérités, il en testa certaines en s'accrochant avec deux doigts, posant un pied dans un recoin du mur bas et essayant de se hisser plus haut. Même maintenant qu'il avait pris de l'âge, on le sentait prêt à tenter d'escalader cette façade. Il prit du recul, suivant des yeux des parcours imaginaires pour rejoindre la fenêtre que je lui avais désignée. Il inspecta le sol, alla voir les arbres les plus proches, mesura les distances en comptant ses pas, il ne laissa rien au hasard. Il revint vers moi après cette longue inspection.

— Non Gil, pour un gars seul ou même à deux, c'est impossible de grimper le long de cette façade ou de descendre du toit pour rejoindre la fenêtre que tu m'as montrée, le mur est beaucoup trop lisse et il n'y a rien pour s'accrocher. À la limite, du bas, sans moyens matériels, la seule possibilité serait de faire une pyramide humaine, mais il en faut quelques gars pour atteindre la fenêtre et là c'est une escouade de sapeurs-pompiers ou une équipe d'acrobates de cirque qu'il aurait fallu, me dit-il en souriant.

« Par contre, avec du matériel, atteindre la fenêtre est faisable. J'élimine les cordages, ce n'est pas possible de les lancer pour accrocher les cheminées ou les bords de toit et les arbres sont trop loin et trop petits pour être utilisés. Le plus simple et le plus évident serait d'utiliser une grande échelle à coulisse. Avec le déport à prévoir pour éviter de la positionner dans l'escalier qui descend au sous-sol et la hauteur à atteindre, au minimum il faut une échelle à coulisse qui, ouverte, atteigne plus de douze mètres de haut et pour une échelle de cette hauteur, il faut compter environ soixante-dix kilos. Le poids de l'échelle, plus celui de l'homme et même si c'était un ado, donnerait plus de cent kilos. Si c'était la technique utilisée, nous verrions encore les traces de l'échelle sur le sol meuble à l'endroit où il aurait fallu la positionner sur une solide planche de bois pour ne pas s'enfoncer et là nous ne trouvons aucune trace. » Il me montra l'endroit présumé qui n'en présentait aucune.

« Si l'on garde quand même cette idée de grande échelle et qu'ils aient réussi par un moyen ou un autre à effacer les traces au sol, il aurait fallu qu'ils soient plusieurs pour porter le matériel et il est quand même difficile d'imaginer une équipe se balader avec tout ce matériel dans la rue sans être vue. Sauf s'ils avaient préparé leur coup bien en avance, en cachant quelques jours avant leur échelle et la planche sous des arbres dans la propriété par exemple, ou s'ils en ont trouvé une à proximité. »

— Non, le voleur n'a pas pu trouver une échelle ici, il y en a plus dans la propriété depuis des mois. En cacher une dans le parc, impossible, puisque les jardiniers y travaillent depuis plus d'une semaine et ils seraient tombés dessus à un moment ou un autre. Et puis, quand j'y réfléchis, je ne crois pas à l'utilisation d'une échelle, Marthe était présente dans la cuisine toute l'après-midi et le temps que le voleur la positionne, grimpe, vole le tableau, redescende et la replie, elle l'aurait automatiquement vu et elle m'a dit n'avoir rien remarqué.

— Pourtant je suis sûr que même si cette fenêtre était ouverte, il ne pouvait pas l'atteindre autrement.

— Je veux bien te croire, mais si on ne tient pas compte de la fenêtre que j'ai trouvée ouverte, aurait-il pu faire différemment ?

— Oui bien sûr, si le voleur est arrivé en sachant qu'il fallait qu'il entre précisément dans cette pièce, il n'aurait de toute façon jamais pris la fenêtre du milieu qui est inaccessible. Il aurait choisi la première fenêtre, celle qui est au plus près du coin, côté entrée, viens, je vais te montrer.

Il alla au coin du bâtiment, s'accrocha à la gouttière et se mit à y grimper facilement les premiers mètres et continua son explication.

— Tu vois, c'est possible d'atteindre cette fenêtre en continuant à grimper en s'aidant de cette gouttière, puis de s'approcher au plus près du rebord et d'y sauter et il pouvait même redescendre par le même chemin après avoir pris le tableau. Pas facile, je suis d'accord, mais pas impossible. Par contre, pour entrer par cette fenêtre il aurait forcé l'ouverture ou cassé un carreau.

— Non, il n'y avait aucune fenêtre forcée ou vitre brisée.

— Cela te prouve bien qu'ils ne sont pas entrés dans la maison en passant par une de ces ouvertures.

— C'est bien ce que je pensais depuis le début mais j'avais besoin de ton avis pour en être sûr. Il ne me reste que la solution qu'il soit passé par l'intérieur pour arriver dans cette pièce et là cela devient bien compliqué.

Mon cerveau était en ébullition. En partant du principe que le voleur ait réussi à entrer dans la maison sans être vu, j'essayai d'imaginer la scène. Il est à l'intérieur de la maison, il grimpe rapidement les escaliers et atteint la "pièce des collections", il entre et ferme la porte à clé derrière lui pour être tranquille, le temps de choisir le ou les tableaux à voler. OK, mais après, comment sortir ?

Je me retournai vers Emmanuel :

— En imaginant qu'il soit passé par l'intérieur de la maison pour atteindre cette pièce, tu penses que c'est faisable de sortir par la fenêtre du milieu ? On exclut les deux autres fenêtres parce que s'il était sorti par l'une ou l'autre, elle serait restée ouverte.

— C'est très facile avec une corde.

— Non, il n'y a aucune trace sur le rebord ni sur le chambranle, permettant de penser qu'il a utilisé une corde pour descendre.

— Pour sortir de la pièce par cette fenêtre, sans corde et sans échelle, il aurait fallu que le voleur saute de près de huit mètres sur le béton des marches ou alors qu'il saute très loin pour éviter la rambarde en fer de l'escalier. L'une et l'autre des suppositions auraient occasionné à coup sûr des blessures. Alors non, sans se rompre les os, c'est impossible de sortir par là.

— Et pourtant il a bien fallu qu'il trouve un moyen de sortir de cette pièce sans passer par une fenêtre et sans passer par la porte, puisque la serrure était fermée à clé de l'intérieur !

— Eh bien, c'est une sacrée énigme, ton enquête. Bon courage pour résoudre cette affaire mais je te connais, tu es un malin et tu y arriveras. *(Enfin des encouragements, que c'est agréable à entendre !)*

— Merci, sauf que pour l'instant je ne vois aucune solution et pour résumer la situation, je suis complètement dans le brouillard. En tout cas, merci de ton expertise qui écarte définitivement la piste de l'accès ou de la sortie par cette fenêtre. Bon, il est temps de rejoindre mon oncle et ma tante, ils nous attendent pour le déjeuner.

En revenant devant la maison, je vis que Léon, bien réveillé cette fois, était descendu de la voiture en sautant comme à son habitude par la vitre que j'avais laissée ouverte et il attendait sagement devant la porte. À notre arrivée, il nous fit la fête puis gratta rageusement à la porte, il avait une petite faim et il comptait, comme à son habitude, sur Marthe pour la calmer.

— C'est ton chien, Gil ?

— Oui c'est mon Léon, mon compère de tous les jours et mon assistant-enquêteur.

— Il a l'air d'avoir du caractère !

— Oh oui ! Et un appétit d'ogre avec ça !

Je sonnai à la porte, Laetitia vint nous ouvrir et Léon lui fila entre les jambes en direction de la cuisine.

Laetitia se mit à rire.

— Encore quelques minutes à attendre Léon, Marthe arrive bientôt.

Puis se tournant vers nous.

— Madame et Monsieur vous attendent dans le grand salon pour prendre l'apéritif en attendant le déjeuner.

Le chapitre 11
est vraiment douloureux.

Après un bon repas et une après-midi avec Emmanuel à nous remémorer les moments agréables passés ensemble, j'étais maintenant en route vers le cabinet du notaire qui était situé en plein centre-ville.

J'avais téléphoné le matin à l'heure de l'ouverture des bureaux chez Maître Jean Tourloupe, pour obtenir un rendez-vous le plus rapidement possible. Cela n'avait pas été facile et le combat téléphonique avait été difficile avec le cerbère de service qui lui servait de secrétaire et qui ne voulait pas démordre *(logique pour un cerbère)* d'un possible rendez-vous dans une quinzaine de jours. Après avoir insisté longuement en mettant en avant le fait que j'étais mandaté par ma tante qui était l'une des principales clientes du cabinet et que je devais voir rapidement le notaire pour une affaire personnelle de la plus haute importance, elle avait daigné, après consultation de son patron, à me donner un rendez-vous en toute fin d'après-midi entre deux clients.

En cette fin de journée, quand la plupart des gens sont déjà rentrés chez eux après leur travail, ce n'était pas facile de trouver un emplacement pour se garer dans sa rue. La Clio n'étant pas très grosse je parvins, en jouant quand même du pare-chocs, à m'intercaler entre deux voitures à quelques centaines de mètres de l'adresse recherchée.

Léon dormait de nouveau comme un bienheureux sur la banquette arrière. Avant de descendre, j'ouvris par habitude la vitre du côté du trottoir, lui permettant d'avoir de l'air et même de sortir quand il voulait pour ses envies pressantes ou pour se dégourdir les jambes, il en avait pris l'habitude et le faisait régulièrement. Il avait une technique très particulière qu'un jour après l'avoir guetté, je l'avais vu mettre en œuvre.

Sa méthode était bien rodée, elle consistait à mettre ses pattes avant sur le rebord de la vitre, passer son corps en dehors en faisant glisser ses pattes le long de la carrosserie et une fois son corps à moitié sorti, d'un bond, il atterrissait sur le trottoir. Au sol, il humait l'air pour savoir quelle direction prendre et après une petite balade où chemin faisant il urinait sur toutes les roues de voiture qu'il croisait, il faisait demi-tour pour retrouver son accueillante banquette. Le procédé pour réintégrer la voiture était lui aussi très élaboré. D'un bond, il arrivait à sauter pour passer ses pattes avant au travers de l'ouverture et s'aidant de ses pattes arrière, il escaladait la façade carrossée pour repasser par la fenêtre. Inutile de vous dire que la peinture de la voiture portait les stigmates de ses nombreuses escapades.

Bien, revenons à nos moutons. Dans cette rue bien propre de la partie cossue du centre-ville, je trouvai facilement le numéro recherché grâce au panonceau à l'effigie de la République française, symbole du notariat. C'était un bel immeuble de type haussmannien et sur une belle plaque dorée étaient recensés les différents professionnels de l'immeuble. Je trouvai facilement celui qui m'intéressait : "Maître Jean TOURLOUPE Notaire". A l'heure prévue, je sonnai à l'interphone correspondant. Une voix fémi-nine aussi douce que l'aboiement d'un doberman me demanda ce que je voulais. Pas de doute, j'étais au bon endroit, le cerbère était bien là. Je m'annonçai et le grand portail en bois s'ouvrit automatiquement. Je rejoignis rapidement l'étude qui se trouvait en étage comme indiqué à l'entrée.

La porte était ouverte et je fus accueilli par une femme aussi souriante que je l'imaginais. Son air re-vêche et fermé se mariait parfaitement avec son teint cireux et son tailleur sombre. Ses cheveux gris mi-longs, tirés vers l'arrière et tenus par son serre-tête, achevaient le côté austère du personnage. Sans un mot, elle me dirigea jusque dans la salle d'attente où elle me fit signe d'y entrer.

De sa voix de kapo, elle m'ordonna.

— Asseyez-vous. Je préviens Maître Tourloupe de votre arrivée, patientez quelques instants.

Je m'assis dans un confortable fauteuil et regardai autour de moi. C'était un très bel appartement aux plafonds hauts, ornés de corniches en bois du plus bel effet, les affaires avaient l'air de bien marcher pour le notaire. *(Vous avez déjà vu un notaire pauvre ?)*

Je commençai à peine la lecture du passionnant magazine "le journal du village des notaires", quand il vint me chercher.

— Bonjour Monsieur Trouver, suivez-moi dans mon bureau, on sera plus tranquille pour discuter, mais il faudra faire vite, j'ai un client qui doit arriver.

Je l'avais souvent rencontré chez l'oncle et la tante. Physiquement, il ressemblait à un montage de boules l'une sur l'autre, c'est à dire : un visage rond posé sur un corps rond sans le moindre soupçon de cou pour faire la liaison entre les deux, il me faisait penser à un bonhomme de neige, la carotte en moins. *(Pour le nez ! J'en ai vu quelques-uns esquisser un sourire).*

Le bonhomme de neige *(vous visualisez bien maintenant)* portait un costume bleu foncé froissé sur une chemise blanche, agrémentée d'une cravate de couleur bordeaux, nouée beaucoup trop courte pour faire le chemin habituel du cou au pantalon et qui de ce fait, se trouvait bien malgré elle tenue à l'horizontale par une bedaine qui dépassait les normes internationales sur les mesures des montgolfières. Il était équipé de petits bras au bout desquels pendaient de grosses mains aux doigts boudinés. Quelques rares cheveux gras sur son crâne luisant essayaient de faire bonne figure, évitant ainsi de qualifier le bonhomme de chauve.

Il avait la particularité d'être toujours en sueur et quelle que soit la saison ou la température ambiante, il épongeait constamment son front des gouttes qui y perlaient, à l'aide d'un grand mouchoir en tissu à carreaux, comme ceux que l'on utilisait au siècle dernier.

Je le suivis dans le couloir, il marchait lentement en vacillant d'un bord à l'autre comme un culbuto. Arrivé à la porte de son bureau, il m'invita à entrer.

C'était un grand bureau, parqueté de bois foncé dont les murs étaient tapissés d'un élégant tissu grenat. Le bureau du notaire se trouvait sur la droite et je repérai dans un coin derrière lui, un beau et grand coffre-fort dont la porte était entrouverte. Je remarquai aussi, collée sur le côté du bureau, sa fameuse mallette de cuir noir qu'il avait toujours avec lui, c'était un gros porte-document comme en ont les médecins pour les visites à domicile. À chaque fois que je l'avais croisé chez la tante, il avait avec lui cette inséparable mallette à la main et en la voyant je me disais qu'elle était suffisamment grande pour y mettre le tableau volé.

Des tas de dossiers étaient entassés en piles, côte à côte, sur son immense bureau formant une muraille de papier. Il me fit signe de prendre un des sièges "visiteurs", fit le tour pour rejoindre son camp retranché et se laissa tomber dans son fauteuil, qui sous le poids, grinça et laissa échapper un long soupir plein de sous-entendus. Maintenant installé derrière sa fortification de papier, il me dit.

— Votre tante m'a prévenu que vous étiez détective privé de profession et qu'elle vous avait demandé d'enquêter sur le vol de son tableau qui a eu lieu jeudi après-midi. Elle m'a avisé aussi que vous alliez me questionner sur le déroulement de cet après-midi-là.

— Tout à fait, et je sortis mon calepin d'enquêteur.

— Je suis prêt à répondre à toutes vos questions, sauf bien sûr à celles qui sont de caractère professionnel et qui entrent dans le secret inhérent à notre profession.

— J'ai bien compris et je vous remercie de me recevoir aussi vite.

(Désolé d'interrompre une nouvelle fois la lecture de ce passionnant récit. Afin d'éviter de vous fatiguer à lire une nouvelle fois cette litanie des heures, je peux vous affirmer que le notaire m'a confirmé les horaires des uns et des autres et ainsi vous pouvez directement sauter / zapper / éviter, tout ce passage lénifiant pour aller 2 pages plus loin. C'est plutôt sympa, non !)

— Pouvez-vous me dire, dans la mesure du possible, tout ce qui s'est passé entre votre arrivée pour rencontrer ma tante et votre départ.

— Rien de plus facile, je suis arrivé à quatorze heures précises en même temps que leur jeune bonne qui a tout de suite averti votre tante de mon arrivée. Je suis allé la rejoindre à l'étage dans son bureau et nous avons commencé à travailler sur les documents que je lui avais préparés. Vers quinze heures, elle est sortie et m'a laissé travailler seul car elle avait un autre rendez-vous qui venait d'arriver. Elle est revenue vers quinze heures trente pour partir de nouveau vers seize heures quarante pour cette fois-ci voir les jardiniers, m'a-t-elle dit. Elle est revenue plus de trente minutes plus tard pour terminer les dossiers que nous devions voir ensemble. Nous avons travaillé encore quelques minutes jusqu'à mon départ, il était environ dix-sept heures trente et comme pour mon arrivée, le hasard a fait que je suis sorti en même temps que la jeune bonne qui m'a dit qu'elle sortait faire des courses pour votre oncle.

— Vous vous rappelez bien des heures !

— Oui, il y a une grande horloge dans le bureau et j'ai une très bonne mémoire.

— Avez-vous vu le visiteur de ma tante ?

— Non, je ne l'ai qu'entendu parler.

— Vous avez donc entendu toute leur conversation ?

— Oui, en grande partie. Votre tante a besoin que l'on parle fort depuis quelques années maintenant et en retour elle parle très fort aussi.

— Alors vous savez de quoi il était question ?

— Oui, tout à fait. Votre tante a fait expertiser un tableau qui était dans la pièce du fond.

— Vous avez entendu le montant de l'estimation ?

— Oh oui, une très belle somme. Je ne vous en dirai pas plus, là nous entrons dans le domaine du secret professionnel et cela fait partie du patrimoine de votre oncle et tante maintenant.

— Avez-vous déjà visité la pièce où ma tante entrepose les plus belles pièces de ses collections, de ses peintures et dessins ?

— Non, je ne m'intéresse pas à l'art et encore moins aux collections d'objets.

— Avez-vous vu ou entendu d'autre personne dans la maison ?

— Non, je n'ai vu personne d'autre et à part la bonne manipulant de la vaisselle au rez-de-chaussée, je n'ai rien entendu.

(Vous conviendrez que c'était une lecture bien barbante ! Alors que d'autres ont suivi mon conseil et ont passé d'un coup ces deux pages. Maintenant, vous allez devoir lire beaucoup plus vite si vous voulez les rattraper, sinon ils vont connaître avant vous, le dénouement de cette fabuleuse et intrigante enquête !)

On entendit frapper doucement à la porte, il cria.

— Oui !

Sa secrétaire entrouvrit la porte, passa son visage qui semblait marqué d'inquiétude dans l'entrebâillement et lui dit.

— Je suis désolé de vous déranger pendant votre rendez-vous mais c'est le Monsieur de l'autre fois, il veut absolument vous voir maintenant.

— Dites-lui que je n'ai pas le temps !

— Je lui ai déjà dit mais il insiste, il faut vraiment venir lui parler.

Il avait l'air contrarié, il se tourna vers moi.

— Veuillez m'excuser, Monsieur Trouver, une affaire urgente à voir, ce ne sera pas long.

Il s'extirpa difficilement de son fauteuil qui, pour accompagner cette soudaine et inattendue libération, prit une longue inspiration de soulagement. Le notaire se dandina jusqu'à la porte et sortit en la laissant entrouverte, me laissant seul.

C'était le moment d'agir. J'allai directement au coffre et ouvris la porte entrebâillée. Grosse déception, il n'y avait que des dossiers sur de petites étagères, j'en soulevai quand même quelques-uns et fouillai rapidement le contenu sans trouver aucune trace du tableau volé. Je décidai alors de vérifier sa mallette, je me mis à genoux et m'aperçus qu'elle était équipée d'une serrure avec un code à trois chiffres. Je me penchai sur la serrure et tout en manœuvrant les petites roues dentées, j'essayai de percevoir à l'oreille des clics différents pour trouver les bons chiffres *(ne rigolez pas, vous avez tous vu dans les films le gars qui met son oreille sur la porte du coffre pour dé-couvrir la combinaison),* mais impossible de différencier les petits bruits, tous les clics étaient semblables.

Attiré par les bribes de la conversation qui venaient du couloir, je m'arrêtai et tendis l'oreille. Le notaire était en discussion animée avec un interlocuteur qui n'avait pas l'air content, vraiment pas content du tout. Le ton montait, l'homme avait un fort accent étranger mais il m'était impossible de comprendre ce qu'ils se disaient.

Je me remis fébrilement à mon travail en essayant de trouver au pif la bonne combinaison. Après des dizaines d'essais infructueux et devant toute les combinaisons possibles, j'abandonnai. Je remis la combinaison sur 000 et par réflexe, j'essayai d'ouvrir. Miracle, la serrure s'ouvrit sans difficulté, il n'avait jamais changé la combinaison d'origine ! Je regardai rapidement à l'intérieur car les bruits de conversation avaient cessé. Il n'y avait que des documents, mais pas de tableau, je la refermai aussi vite que possible et je me jetai sur mon siège au moment où le notaire réintégrait le bureau.

— Veuillez de nouveau m'excuser de ce moment d'attente, cela a duré plus longtemps que je ne le pensais.

— Pas de souci, j'ai tout mon temps.

Il se rassit lourdement.

— Quelles sont vos dernières questions ? me dit-il en s'épongeant le front de son mouchoir à carreaux.

— Je n'en ai plus qu'une à vous poser : Êtes-vous sorti du bureau dans l'après-midi ?

— Non pas une seule fois… Enfin, si, une fois, pour aller aux toilettes qui se trouvent juste à côté.

— À quel moment ?

— Quand votre tante était avec l'expert dans "la salle des collections".

— Et vous ne les avez pas vus quand vous avez pris le couloir jusqu'aux toilettes ?

— Non, la porte était grande ouverte mais je ne les voyais pas, ils devaient être au fond de la pièce.

Je notai rapidement sur mon calepin les informations et le refermai.

— Bon, j'en ai fini avec mes questions, merci de vos réponses et du temps que vous m'avez consacré.

— C'est normal, votre tante est une bonne amie avant d'être une cliente. N'hésitez pas à me recontacter si besoin.

Il me raccompagna jusqu'à la porte d'entrée et je le quittai après avoir salué le molosse grisonnant, montant la garde derrière son comptoir d'accueil.

Arrivé dans la rue où la nuit était déjà tombée, je me dirigeai rapidement vers l'endroit où était garée ma voiture quand on m'agrippa dans le dos, un sac en toile fut mis sans ménagement sur ma tête, ce qui me plongea dans le noir absolu et je fus projeté au sol et roué de coups. À demi inconscient, je sentis que l'on me soulevait et que l'on m'emmenait. Deux gars m'avaient pris chacun sous une épaule et ils me traînaient au sol vers un lieu inconnu. J'entendis dans une sorte de brouillard que mes agresseurs parlaient entre eux dans une langue totalement inconnue.

Après m'avoir transporté sur une bonne distance, on me fit descendre quelques marches et j'entendis le bruit caractéristique d'une porte métallique que l'on ouvrait. Je fus de nouveau jeté au sol et encore une fois les coups plurent. N'étant pas très costaud et un peu douillet de nature, mon corps prit la bonne décision et je sombrai dans le coma.

Une énorme gifle me réveilla. On m'avait enlevé le sac de toile de ma tête et j'étais attaché à une chaise au milieu d'une petite pièce basse de plafond d'où pendait un fil électrique au bout duquel une lampe éclairait l'endroit d'une lumière crue. Cela ressemblait à une cave, le sol était en terre battue et les murs en pierres apparentes. Sur un côté, il y avait une chaudière de chauffage central et de l'autre se trouvait une chaise en bois près d'une petite table où une bouteille accompagnée de deux verres était posée et en face de moi, il y avait trois marches bétonnées qui menaient à une petite porte en fer.

Il fallait que je me rende à l'évidence. On m'avait kidnappé !

Après ce rapide tour d'horizon, je portai mes yeux sur les deux gars qui me regardaient de haut. Ils avaient de vraies têtes de truands sortis tout droit d'un film de gangsters de série B, bruns aux yeux noirs, systèmes pileux envahissants et mimiques menaçantes.

Le plus grand me mit de nouveau une gifle.

— Alor tou ai rivillé maintenant, tou a fait grosse dodo, tou a bien dormiche ?

Et ils se mirent à se marrer et ils reprirent, menaçants.

— Le patron arrive biunto, hé croa moi tou va parler.

L'autre fouilla dans les poches de mon blouson et en sortit mon portefeuille. Il regarda dedans, mit dans sa poche les deux malheureux billets de vingt euros qu'il me restait et prit mon permis de conduire qu'il posa bien en évidence sur la table.

Puis il attrapa la bouteille et servit deux verres d'un liquide incolore, il en garda un et tendit l'autre vers son comparse qui s'approcha et ils trinquèrent en levant leurs verres.

— În sănătatea ta !

— În sănătatea ta !

Ils burent chacun leur verre en grimaçant, cela avait l'air super fort puis ils commencèrent à discuter dans leur langue.

Le plus grand dit :

— Ai părul frumos şi miroase bine.

Et tout en se penchant vers l'autre.

— Ce sampon folosesti ?

L'autre répondit :

— Este un şampon cu ierburi !

(Pas plus avancé que vous, je n'avais pas mon dictionnaire Français/langue-inconnue sur moi. Pour ceux que cela intéresse et qui ont la flemme de chercher sur internet, je vous ai mis la traduction en fin du livre. Attention, c'est du lourd !)

Pendant qu'ils taillaient le bout de gras, j'essayai de comprendre pourquoi j'étais là. M'avaient-ils kidnappé pour demander une rançon ? Mais, à qui pourraient-ils la réclamer ? Ma tante ne paiera jamais pour moi et encore moins le reste de ma famille, qui n'a pas un sou. Ou alors, était-ce un vieux litige oublié dont je subissais le contrecoup ? Je cherchai en vain dans ma mémoire mais je n'avais pas la moindre idée pour laquelle j'avais été kidnappé et c'est ce qui m'inquiétait encore plus.

On entendit des coups sur la porte métallique, l'un des deux hommes monta les trois marches et ouvrit la porte.

Un jeune gars d'une vingtaine d'années entra, suivi par la caricature du mafieux tiré du même film que ses acolytes. C'était un grand bonhomme grassouillet, la cinquantaine avec des cheveux grisonnants. Il portait, comme il se doit dans ce genre de film, un chapeau à larges bords du type "borsalino d'Al Capone" et sous son costume rayé, qui avait dû être à la mode dans les années 1930, il portait une chemise blanche, dont les deux premiers boutons étaient ouverts sur une moquette de poils. Une grosse chaîne en or autour du cou et une énorme montre dorée à son poignet parachevaient le déguisement du méchant de l'histoire.

Il salua les autres dans leur langue, s'approcha de la table et se servit un verre qu'il but d'un seul coup sans la moindre grimace, démontrant à ses comparses qui était le boss, puis il échangea quelques phrases avec eux avant de prendre mon permis pour y jeter un œil. Lecture faite, il se retourna vers moi.

— Bonjour Monsieur Trouver, content de vous connaître et heureux d'apprendre que nous habitons dans la même ville !

Il avait un fort accent des pays de l'Est et étrangement sa tête ne m'était pas inconnue.

— Pourquoi m'avez-vous fait enlever et tabasser par vos sbires ?

Sans même me répondre, il prit la chaise qui était près de la table, la retourna et s'assit à califourchon dessus. Ce mouvement brusque et inattendu surprit son sphincter qui se relâcha d'un coup, accompagné d'un pet énorme.

Malgré ma lèvre gonflée, je lui dis avec bravache.

— Quelle jolie langue, vous pouvez répéter la question en français car je ne parle pas votre dialecte fleuri.

Cela fit rire les trois autres mais beaucoup moins celui à qui c'était adressé et celui-ci me balança une énorme gifle.

— T'es un petit rigolo, me dit-il. Bon, restons sérieux, où est mon argent ?

— Mais de quel argent parlez-vous ?

— Mon argent. Tu ne te souviens pas du fric que je t'ai fait parvenir par l'intermédiaire de Maître Tourloupe pour acheter en tant que prête-nom l'appartement que j'avais choisi. Sauf qu'avant même la signature du compromis de vente, cet argent a disparu et je pense qu'il est allé dans tes poches.

— Mais je ne comprends rien à votre histoire, je n'ai jamais touché d'argent pour acheter un appartement et je ne vous connais pas. Vous faites erreur sur la personne !

— Oh que non, je ne fais pas d'erreur sur la personne, nous ne nous sommes jamais rencontrés pour préserver notre anonymat mais je sais que c'est toi l'associé du gros notaire véreux et tu étais avec lui dans son bureau tout à l'heure.

— Mais je ne suis pas associé à Maître Tourloupe, j'étais avec lui pour une affaire personnelle.

Et il me re-balança une gifle.

— Quand je suis passé le voir en fin d'après-midi, il m'a dit qu'il allait parler tout de suite à son associé pour régler le problème et toi comme par hasard, quelques minutes plus tard, tu sors de son étude et maintenant tu me dis « je ne suis pas son associé ». Tu te fous de moi ! Tu as intérêt à parler sinon je vais te couper la langue, après tu me diras tout ce que je veux.

— C'est idiot, si vous me coupez la langue je ne pourrai plus parler. *(Je n'ai pas pu m'en empêcher !)*

Cela l'énerva et il me re-re-balança une gifle

— Je n'ai pas le temps de continuer avec toi, mais je reviens tout à l'heure avec du matériel, je vais t'arracher les dents une par une, tu riras moins.

Sans dents, c'est sûr que je vais moins rire. Je gardai pour moi cette pensée. Les baffes, j'en avais ma claque. *(Oui, je sais, elle est facile celle-là !)*

C'était donc l'homme avec qui Maître Tourloupe s'était querellé et il n'avait pas l'air d'un gars sympa et cette histoire commençait à devenir effrayante.

Il se leva et dit au plus jeune :

— Tu restes là à le garder, nous reviendrons tout à l'heure avec des outils pour le faire parler.

L'un des gars me mit un bâillon, vérifia que j'étais toujours bien attaché à la chaise et ils laissèrent le jeune tout seul pour me surveiller. Les autres sortis, le jeune prit la chaise et la rapprocha de la table. Il défit son blouson qu'il installa sur le dossier, s'assit, sortit de sa poche son smartphone et commença à jouer à un jeu vidéo.

J'essayai de lui parler à travers le bâillon.

— Hum, hum, hum.

Il se leva et l'écarta.

— Je n'arrive pas à respirer avec, vous pouvez me l'enlever.

Il le dénoua et le posa sur la table.

— Si tu cries, je te le remets aussitôt.

— Merci. Je vous assure que je ne crierai pas.

Le jeune se remit dans son jeu vidéo. Après quelques minutes, je m'aperçus qu'il perdait. Ses yeux exorbités étaient fixés sur son appareil, il était concentré au maximum et ses doigts parcouraient l'écran à toute vitesse.

Malgré cette débauche d'efforts, un son, genre sirène de bateau, revenait souvent, ce qui le faisait râler. Il s'énervait de plus en plus et tapait de plus en plus fort sur son écran, en vain, car les beuglements de la corne de brume retentissaient sans cesse, il était vraiment une quiche à ce jeu. Au milieu de cette bataille de doigts et de ces sirènes hurlantes, on entendit gratter à la porte, le jeune s'arrêta de jouer et écouta. Re grattage à la porte. Il rangea vite fait son appareil, se leva et cria.

— J'arrive !

Il sauta en haut des marches et ouvrit la porte.

Une forme noire lui sauta à la gorge. Du haut des marches, le jeune tomba à la renverse juste à côté de moi. Léon était sur lui avec sa tête des mauvais jours, montrant les dents et grognant sourdement comme un gars qui n'est pas content. Il approcha sa grosse tête du visage du gamin, je ne sais pas si c'est la surprise de l'attaque, le fait d'avoir un chien enragé sur le torse ou la mauvaise haleine de Léon *(connaissant bien le fauve, je penchai pour la dernière hypothèse !)*, mais toujours est-il que le jeune était mort de peur. Je lui dis :

— C'est mon chien, un mot de moi et il t'égorge.

Je sautillai avec ma chaise pour m'approcher au plus près de lui et je lui ordonnai.

— Tends ton bras et dénoue la corde qui tient mes mains.

Il allongea le bras et réussit à défaire le nœud qui me libéra de mes liens. Léon, pendant le temps que je détachai mes deux pieds, resta sur lui en grognant et bavant allégrement sur son visage. Une fois libre, je me mis à genoux et enlaçai mon gros Léon.

— Que je suis content de te voir, tu m'as sauvé, mon bonhomme.

Il était comme un fou, il remuait tellement fort la queue que tout son arrière-train bougeait et il me léchait le visage à grands coups de sa langue râpeuse.

Le jeune en dessous de nous n'osait plus bouger.

Je le fis asseoir sur ma chaise libérée, ramassai les liens restés au sol et l'attachai fermement. *(Le jeune, pas Léon, pour ceux qui se posent la question !)*

— Qui es-tu ? lui demandai je.

Il avait repris de la couleur.

— Je suis le neveu de celui qui t'a questionné. M. Andrea Padvertu, ce nom ne te dit rien ? Quand il va apprendre ce que tu m'as fait, il va te faire la peau.

J'avais déjà lu ce nom dans le journal local et c'est pour cela que la tête du vieux ne m'était pas inconnue. Il y a quelques semaines, la police avait fait des annonces dans toute la presse locale, ils recherchaient des informations sur cet homme avec sa photo en dessous. C'était le soi-disant chef de la pègre de notre petite ville qui était activement recherché pour des vols et des escroqueries en bande organisée.

Je fouillai dans les poches de son blouson et regardai ses papiers d'identité. Je remarquai que lui aussi n'habitait pas loin de chez moi, dans la fameuse cité "des beaux soleils" *(que mes fidèles lecteurs commencent à bien connaître)*.

J'étais dubitatif devant cette situation, je ne savais pas quoi faire.

Je lui dis :

— Je vais appeler les flics et leur dire que vous m'avez kidnappé et ils vont tous vous attraper.

— C'est ce que tu veux leur dire aux flics ? et en riant « tu ne crois pas que c'est plutôt moi qui ai l'air d'avoir été kidnappé en ce moment ! »

Il n'avait pas tort. En fait, je me rendais compte que j'étais dans une situation difficile car même si j'avais retrouvé ma liberté, j'étais toujours à leur merci puisqu'ils connaissaient mon nom et mon adresse. Il fallait que je trouve un moyen d'arranger cette situation, sinon ils allaient venir chez moi me régler mon compte. Si je discutais avec eux, pas sûr que j'arriverai à les convaincre et je doutais de pouvoir compter sur le rôle de négociateur que pourrait jouer Maître Tourloupe dans cette affaire, il avait vraiment l'air d'une planche pourrie !

Je réfléchis rapidement aux solutions envisageables mais une seule me convint et je décidai de la mettre en œuvre. Je ramassai mon portefeuille et mon permis de conduire restés sur la table, vérifiai bien que le gamin ne pouvait pas se détacher et me mis devant lui.

— Quand ton oncle reviendra, tu lui diras que je n'irai pas à la police et que cette histoire restera entre nous. Dis-lui bien qu'il faut qu'il me laisse tranquille et qu'il comprenne une fois pour toutes que je ne suis pas l'associé du notaire. Dis-lui aussi qu'il a intérêt à se renseigner pour trouver l'associé du pétochard, cela lui évitera de kidnapper tous les clients de l'étude les uns après les autres avant de trouver le bon. Maintenant j'espère ne plus te revoir, salut, et suivi de Léon, je déguerpis rapidement.

(Ah ! je vois bien qu'il y en a qui sèchent sur la définition de "pétochard". Dans ma grande bonté, je leur donne la définition : Notaire véreux en argot)

Arrivés dans la rue, je reconnus tout de suite où nous étions et je retrouvai facilement la Clio qui était garée à quelques dizaines de mètres plus loin. J'y réinstallai mon gros Léon qui se coucha tout de suite sur sa banquette pour finir sa nuit largement interrompue par mon sauvetage.

Je me regardai dans mon rétroviseur, j'avais une sale tête, je pris un mouchoir et essuyais les traces de sang qui avaient coulé de mon nez et de ma lèvre, les baffes avaient été plus "saignantes" que je ne le pensais. Après ce nettoyage succinct, je retournai devant l'immeuble où j'avais été emprisonné et suivant mon idée, j'attendis le retour des voyous. Je choisis une porte cochère juste en face pour me mettre à l'abri des regards.

L'attente ne fut pas trop longue, un gros break de marque allemande s'arrêta devant la porte en fer de la cave. Avec mon téléphone, je pris des photos de la voiture et de tous ceux qui en sortaient. Les gangsters s'engouffrèrent dans la cave et j'en profitai pour prendre en photo de plus près la plaque d'immatriculation du véhicule.

Je rejoignis ma Clio et j'attendis leur sortie. Cela ne fut pas long, le gang ressortit de la cave, accompagné du jeune qui suivait tête baissée. Je les entendais parler entre eux à voix forte, ils reprirent leur voiture qui démarra en trombe. Je tournai la clé de contact pour mettre le moteur en route. Enfin j'essayai car de nouveau, elle refusa tout net de démarrer. Je retentai à plusieurs reprises de lancer le moteur en priant pour ne pas vider la batterie. Rien n'y fit, il faut dire que la pauvre attendait depuis bien trop longtemps que je m'occupe de ses problèmes et elle avait décidé de faire sa tête des mauvais jours, sauf que cela ne pouvait pas plus mal tomber. J'essayai de nouveau mais le démarreur hoquetait dans le vide.

(Bon là, je vais en étonner plus d'un. En plus de parler à mon chien comme avec un humain, je parle aussi aux objets !

Notez que je ne suis pas le seul, rappelez-vous de vos cours de littérature et d'un certain Lamartine qui écrivait : "Objets inanimés, avez-vous donc une âme qui s'attache à notre âme et la force d'aimer ?" C'était la minute des poètes.)

J'implorai donc à voix haute ma Renault « Non pas maintenant, fais un effort, démarre. Je te promets qu'en plus de ta révision complète, la prochaine fois à la pompe je te ferai le plein de super ! » Pout, pout, pout, pout. Le moteur pétarada en lâchant un gros nuage de fumée puis se mit à tourner comme si de rien n'était. « Merci, ma grande, maintenant on y va ! ». Je déboîtai de ma place de stationnement et j'accélérai à fond, ou tout au moins au maxi de ce qu'elle pouvait faire. En suivant le chemin que les autres avaient pris, je tournai dans la première rue à droite sur les chapeaux de roues, horreur et damnation ! je manquai d'emplafonner leur voiture qui était arrêtée au milieu de la chaussée, ils attendaient docilement qu'un pépère en deux chevaux manœuvre pour se garer et pourtant, vu son âge, à cette heure-là il devrait être au lit. *(Argh ! encore des préjugés sur les vieux !!!)* Seul, le réflexe de me mettre debout sur la pédale de frein me sauva et je parvins à m'arrêter à deux centimètres de leur pare-chocs. Ouf ! Au moins, je ne les avais pas perdus de vue.

Lors de ce freinage d'urgence, mon pauvre Léon glissa au sol et se trouvait maintenant les quatre fers en l'air coincé entre sa banquette et les sièges avant. Il était sur le dos et me regardait avec la tête d'ahuri de celui qu'on vient de réveiller au milieu d'un rêve et qui se retrouve plongé en plein cauchemar. Il gesticulait dans tous les sens, on aurait dit une tortue sur le dos qui n'arrive pas à se retourner. J'essayai de l'aider en passant le bras derrière et en lui tirant une patte mais il était lourd mon Léon et d'une seule main, c'était difficile de le sortir de cette mauvaise posture. Mais plus le temps de m'occuper de la tortue, le break avait redémarré.

Dans la circulation encore importante malgré l'heure tardive, je le suivis assez facilement. J'entendis derrière moi la tortue, qui, à force de persévérance, avait réussi à se remettre à l'endroit et dans un gros soupir, s'était de nouveau allongée de tout son long sur la banquette arrière.

Les gangsters prirent la direction du vieux centre-ville et s'arrêtèrent devant la boîte de nuit la plus "à la mode" du coin. Les quatre affreux descendirent de la voiture et le chauffeur donna les clés au voiturier qui s'empressa d'aller la garer. Ils saluèrent le videur, qui contrairement à l'intitulé de son travail, les fit tout de suite entrer au grand dam de tous ceux qui poireautaient en file indienne devant la porte en attendant leur tour. Je me garai dans une rue plus loin, descendis et attendis au carrefour en guettant leur sortie. Après avoir poireauté un laps de temps qui me parut interminable, je décidai d'entrer dans la boîte de nuit pour voir ce qui s'y tramait.

Ne pouvant pas m'annoncer comme un ami de Monsieur Padvertu, je me mis au bout de la file sous le regard curieux des autres. Avec le visage boursouflé et la lèvre fendue sous les coups de mes tortionnaires, je ne devais pas être beau à voir. Nous avancions doucement par à-coups, le portier ne faisant entrer que de temps en temps une ou deux personnes. Dès qu'il ouvrait la porte pour les heureux élus, une musique assourdissante envahissait la rue puis il la refermait et la rue retombait dans un silence de mort.

Dans cette file qui s'allongeait au fil du temps, il y avait devant moi un grand gars dégingandé au style étrange. Tous ses vêtements étaient trop petits, son pull lui arrivait au milieu du ventre et son pantalon avait le feu au plancher, seul son manteau était de taille XXXL et il y nageait allégrement. Certains ont d'étranges façons de s'habiller en suivant une mode inconnue de tous, à la façon d'un précurseur ou d'un déconnecté, seul l'avenir tranchera la question.

Comme il semblait plus avenant et plus futé que les autres, je lui demandai pourquoi nous attendions autant de temps. Il m'expliqua que la boîte de nuit avait un nombre limité de places et que nous rentrions à l'intérieur au fur et à mesure des places libérées mais que ça allait beaucoup plus vite que cela en avait l'air.

Je continuai donc à faire le pied de grue avec les autres et en profitai pour contempler tous mes compagnons d'infortune. Il y en avait de tous les âges, des très jeunes qui faisaient leur possible pour paraître plus vieux et bien sûr des vieux, qui, malgré les teintures faites régulièrement, les crèmes, les lotions et les onguents appliqués généreusement, les cours de gym, yoga, Pilates, tai-chi pris à longueur d'année, les régimes hypocaloriques, hyperprotéinés, dissociés, chrononutritionnés mangés à contrecœur, les piqûres de collagène, d'acide hyaluronique, de botox, endurées assidûment, paraissaient toujours aussi vieux.

Cette assemblée hétéroclite s'expliquait par le fait que c'était la seule "boîte de nuit" de la ville avec deux salles proposant deux ambiances différentes. Il y avait celle des jeunes avec de la musique techno/ rapo/ metalo/ hiphoppo/ punko et ses basses à vous décoller les organes et celle pour les "vieux" c'est-à-dire juste au-dessus de trente ans avec sa musique soul/ jazz/ rock et même du RnB "old school".

Dans cette file, on en trouvait habillés en guenilles avec des anneaux à rideaux dans le nez, des mini assiettes dans les lobes d'oreilles, des clous dans le nez et les sourcils et il y en avait même qui avaient des coiffures de toutes les couleurs plus ou moins dressées sur la tête. À force de vouloir être différents, par leurs accoutrements asexués et leurs looks dégénérés, ils étaient arrivés au point où ils se ressemblaient tous et dans cette file d'attente, c'était une majorité qui était déguisée comme cela et on ne les regardait même plus.

Ceux qui se faisaient réellement remarquer, c'étaient les quidams comme moi qui ne portaient aucun signe distinctif d'appartenance à une tribu, une secte, un courant de pensée, une bande, une philosophie ou une idéologie quelconque. La tribu des "lambda" que nous représentions était reluquée par ces jeunes, comme des animaux sauvages dans un parc animalier, comme des habitants d'une autre planète ou comme des voyageurs temporels venus d'un passé lointain. C'était surprenant. Tout à mes réflexions, je n'avais pas vu qu'enfin je m'approchais de la porte du sanctuaire beuglant, il ne restait plus que le couple de jeunes avec le grand gars au pantalon trop court et au manteau immense devant moi.

Quelques instants plus tard, le videur ouvrit la porte et autorisa la bouche hurlante à happer les deux jeunes. Puis, quelques instants de plus et mon tour arriva. Le maton de service ouvrit de nouveau sa boîte de pandore et me fit signe d'entrer, le bruit était vraiment assourdissant et les basses étaient oppressantes.

Après avoir passé le petit hall d'entrée, je me dirigeai vers la caisse. Avant même d'y arriver, je vis devant moi le quatuor de truands venant en sens inverse, je me mis précipitamment dans un renfoncement sombre et me collai au mur. Ils passèrent devant moi sans me voir et se dirigèrent vers la sortie. Une fois le danger écarté, je sortis de ma cachette, fis demi-tour et sous le regard interloqué du portier, je ressortis !

Les quatre margoulins attendaient leur carrosse au bord du trottoir en discutant entre eux. Je m'éclipsai en longeant les murs pour rejoindre ma voiture et le temps que le voiturier leur rapporte la leur, j'étais déjà au bout de la rue à les attendre moteur tournant. Ils démarrèrent, sortirent du centre-ville et prirent la direction du quartier où j'habitais. Supposant qu'ils allaient déposer le neveu du boss à la cité qui est près de chez moi et voulant éviter qu'ils me voient les suivre dans ces petites rues qui étaient devenues quasiment désertes, je pris un raccourci et par le dédale des rues que je connaissais bien, j'arrivai bien avant eux. Je me garai en vue de l'adresse que j'avais lue sur les papiers du jeune et attendis, tous feux éteints. Et comme je l'avais prévu, ils ne tardèrent pas et déposèrent le jeune devant son escalier. Ils reprirent la route pour s'éloigner encore un peu plus du centre et sur ces grandes avenues vides de voitures, je les suivis facilement de loin sans être repéré.

On arriva aux limites de la ville dans l'un des quartiers les plus aisés quand leur voiture s'arrêta devant une belle demeure et Padvertu descendit seul. Je m'arrêtai à bonne distance et éteignis mes feux pour les surveiller discrètement.

Le boss fit un signe aux autres et la voiture s'éloigna en le laissant devant un portail, je descendis de la voiture pour me rapprocher en évitant, comme à mon habitude, les halos lumineux des réverbères. Il fouilla dans sa poche, sortit un trousseau de clés et ouvrit le portillon. Il se comportait comme Monsieur tout le monde et rentrait chez lui après sa dure journée de labeur. J'accélérai le pas et fus rapidement devant la maison, c'était une belle maison à deux étages entourée d'un grand jardin. À travers la haie, je le vis monter les quelques marches du perron et s'engouffrer dans la maison. J'avais tout pris en photo, pas de doute, c'était son repaire. Je repris ma voiture, pas mécontent d'avoir suivi mon instinct et heureux d'avoir découvert la planque du malfrat. Je regagnai mes pénates le sourire aux lèvres.

Le chapitre 12,
où je vous demande un coup de main.
MARDI

Le lendemain matin, en suivant toujours mon idée de la veille, je pris la carte de visite que l'inspecteur de police m'avait donnée et l'appelai.

Après plusieurs sonneries on décrocha.

— Inspecteur Paul Hicier, j'écoute.

— Bonjour inspecteur. Gil Trouver à l'appareil, nous nous sommes rencontrés chez mon oncle et ma tante, jeudi soir, nous vous avions appelé pour le vol d'un de leurs tableaux. Je suis détective privé, vous vous souvenez de moi ?

D'une voix sérieuse et un rien condescendante :

— Oui, je me souviens très bien de vous mais je n'ai pas le temps de vous donner des conseils, rappelez-moi la semaine prochaine.

— Non, non, je ne veux pas de conseils, je vous appelle pour vous dire où vous aller trouver la planque de Monsieur Padvertu, vous savez, le roi de la pègre locale comme l'appelle les journaux, celui que vous recherchez depuis des mois.

Long moment, très long moment de silence, puis d'un ton suspicieux :

— Et comment connaissez-vous la planque du sieur Padvertu ?

— C'est une longue histoire qui n'a pas d'importance, prenez cela comme un appel anonyme, je n'ai pas envie qu'il connaisse le nom de celui qui l'a dénoncé. Le fait est que je sais où il habite en ce moment et si vous réagissez vite, vous pourrez l'appréhender avant qu'il ne change d'endroit.

Re-silence, cela devait tourner dans sa tête.

— Bien, je comprends parfaitement votre désir de rester anonyme, cela restera secret. Mais, êtes-vous vraiment certain que c'est bien Andreas Padvertu, l'homme que nous recherchons depuis des mois ? Parce que, selon nos informateurs, il n'était plus en ville depuis que nous avons lancé cet appel dans les journaux.

— J'en suis sûr, je l'ai reconnu en me souvenant du portrait que vous avez fait passer de lui dans la presse. Hier soir, lorsque je l'ai vu, je l'ai pris en photo avec mon téléphone. J'ai aussi pris des photos de ses acolytes, de l'une de leurs voitures et de la maison où il habite.

— Des photos ! vous avez pris des photos ! Pouvez-vous me les envoyer rapidement sur mon courriel ?

— C'est déjà fait, ouvrez votre messagerie, j'y ai noté aussi l'adresse où vous pourrez le trouver.

J'entendis des cliquetis, puis des Oh ! Des Ah ! « C'est bien lui », « Notez l'adresse », « Rassemblez l'équipe » et « on va enfin l'avoir ».

Après plusieurs minutes d'agitation à l'autre bout de la ligne, il reprit le téléphone en main.

— Merci, Monsieur Trouver, c'est bien lui, on le reconnaît parfaitement sur les photos, nous allons tout de suite mettre une surveillance en place et nous allons le coincer dès que nous pourrons. Mais un jour, il faudra me raconter comment vous avez eu cette information.

— Oui, un jour, je vous raconterai tout. Au revoir, inspecteur. Je raccrochai, heureux d'avoir eu hier soir cette idée magistrale et surtout, d'avoir réussi à la mener à bien. J'allais être débarrassé de ce gros problème, quel soulagement.

Bon, il était temps pour moi de mettre à jour mes notes et compléter mon tableau des heures qui avaient été validées par les déclarations du notaire.

Après ce travail fastidieux, j'écrivis mes hypothèses sur une feuille de mon chevalet. C'est vrai que cette histoire était complexe et mon nouveau suspect Jean-Michel, même s'il avait un profil de voleur et s'il était présent au bon moment, n'aurait pas eu le temps de commettre le vol dans les quatre ou cinq minutes où il n'était pas avec sa mère. Son heure d'arrivée correspondait bien avec l'heure à laquelle Tata était avec les jardiniers et il n'était plus dans le hall quelques instants plus tard, lorsqu'elle était rentrée.

Les interrogatoires des différents protagonistes et les évènements étranges et variés que j'avais vécus n'avaient rien apporté de nouveau pour trouver le suspect parmi ceux qui étaient présents à l'intérieur de la maison puisqu'aucune de ces personnes ne pouvait bouger sans être vue par une autre. Cependant, j'avais quand même découvert que Julien et le notaire avaient urgemment besoin de beaucoup d'argent, ce qui me donnait un mobile possible pour ces deux-là. Marthe avait elle aussi, dans une moindre mesure, le même besoin d'argent pour répondre aux demandes régulières de son fils. Cependant, je ne la voyais pas commettre ce cambriolage ou même y être mêlée. Cela dit, je peux me tromper, ayant peut-être été ensorcelé lors de ce mémorable déjeuner chez elle. Laetitia, quant à elle, n'avait apparemment pas de soucis d'argent puisqu'elle vivait de manière confortable, sauf que devant une telle somme d'argent, tout devient possible.

Je me tournai vers Léon.

— Tu sais, si j'exclus les "monte-en-l'air" et que je tiens pour vrai les réponses des personnes présentes, il faut bien que je me rende à l'évidence : je n'ai aucun véritable suspect. Et pourtant j'ai le sentiment que cela vient de l'intérieur, seul un de ceux qui étaient présents au moment où la porte de la "pièce des collections" était ouverte a pu y entrer, tu es d'accord ?

Il m'écoutait attentivement assis bien droit devant moi. Encouragé par son attitude, je continuai de lui exposer l'affaire.

— Si nous partons de ce principe, le voleur entre dans la pièce, ferme la porte à clé derrière lui, prend le tableau et le seul moyen pour sortir qui lui reste, est de s'envoler par la fenêtre.

Léon leva la tête et me regarda droit dans les yeux, je vis sa désapprobation la plus totale concernant ce que je venais de dire.

— Je suis d'accord avec toi, un voleur ne peut pas s'envoler par la fenêtre ! Et de toute façon, cette hypothèse farfelue ne tient pas parce que si c'était quelqu'un de la maisonnée qui était ressorti par la fenêtre, les jardiniers l'auraient vu entrer de nouveau.

Il était d'accord avec moi, sa queue battait le sol. Je poursuivis.

— Tu sais mon Léon, je suis complètement perdu, je tourne en rond, je redis toujours la même chose *(vous aussi, vous l'avez remarqué !)*, je n'arrive pas à sortir de ce cercle de pensée. Si au moins j'arrivais à résoudre l'énigme de la porte fermée de l'intérieur, je pourrais peut-être imaginer d'autres hypothèses sur la manière dont ce vol a été effectué.

*(**Amis lecteurs, je vous lance un appel.** Je n'ai pas de solution à vous proposer pour résoudre cette enquête. Hormis l'improbable vol effectué par des "monte-en-l'air". Je ne vois pas d'autre dénouement possible à cette insoluble, introuvable, épineuse et ardue énigme.*

AIDEZ- MOI S.V.P !!! *Envoyez-moi tout de suite par courriel (il est sur la page des coordonnées de l'éditeur) vos solutions ou vos idées quant à la résolution de cette enquête. J'attends quelques instants le temps que vous tapiez sur vos claviers vos propositions.*

Bon ça fait deux minutes, je vérifie mes messages... non rien, je n'en ai pas de nouveau. Je réactualise la page, on ne sait jamais. Ah ! un message, vite, j'ouvre :

"Nous contactons vous pour vous informer que vous vien de gagner au tirage au sor organiser par notre compagnit BILLE GAITES FONDATION. Vous trouver sur document jointe des renseignes détayés sur le gain à gagner en argent, envoye cents euros dans ma banq au Nigeria pour les frais et après vous toucherai tou l'agent gagné. À vous les petites femmes françaises et les grosses voitures allemandes..."
(entre nous, heureusement que ce n'est pas l'inverse !)

Que c'est énervant ce genre de pourriel ! Grrrrr ...Message supprimé.

Je vous laisse encore un peu de temps ... Je vérifie de nouveau mes messages, non, toujours rien. Vous aussi, vous êtes à court d'idées ?

Je suis vraiment désappointé ! À ce moment de mon enquête, j'avais bien besoin d'un coup de main pour finir ce récit en toute beauté.

OK d'accord, j'ai compris, vous ne voulez ou ne pouvez pas m'aider. Bon, je ne peux quand même pas terminer ce livre ici sans vous donner une fin sensée. Alors, c'est décidé, je vais continuer seul à chercher la solution et si je n'arrive pas à dénouer cette affaire avant la fin du livre, cela sera de votre faute, na !)

Reprenons encore une fois ce que nous savons :

(Vous en avez ras le bol que je vous répète toujours la même chose mais il fallait m'aider avant les p'tits gars ! Pour tout vous dire, je le fais plus pour moi que pour vous.)

En excluant que le vol ait été fait par des "monte-en-l'air" :

a) Le vol a été commis entre seize heures quarante et dix-sept heures quinze.

b) Le voleur a pris le tableau avec le cadre.

c) La porte était fermée à clé de l'intérieur et la clé était encore dans la serrure.

d) Une fenêtre était ouverte, mais elle était inaccessible par l'extérieur et quasiment impossible à utiliser pour sortir.

e) Il y avait une fourchette à gâteaux derrière la porte.

f) Mes principaux suspects sont : Maître Tourloupe, Julien, Laetitia et Marthe.

g) Aucun des suspects ci-dessus ne pouvait déambuler dans la maison, sans être vu par un autre.

h) J'aime le chocolat et les gros gâteaux pleins de crème. *(On ne sait jamais, si vous voulez m'encourager, c'est une bonne option)*

Voilà, c'est clair pour tout le monde, il était temps de retourner à "la Châtaigneraie".

Quand Tata me vit, elle me posa des questions sur l'état de mon visage qui était encore marqué des coups reçus de la veille. J'utilisai la fameuse "chute dans les escaliers" pour expliquer les marques, sans vraiment la persuader mais elle s'en contenta. À ma demande, elle me laissa libre de fouiller dans tous les coins de "la salle des collections" et d'arpenter la maison en long en large et en travers.

Je refis des dizaines de fois les parcours supposés des différents suspects, je repris leur position de chaque instant, telle qu'ils me l'avaient décrite tout en consultant un milliard de fois mon petit calepin pour relire toutes les réponses obtenues lors des interrogatoires et ainsi je vérifiai les unes après les autres chacune de mes théories plus ou moins vaseuses. Et pour finir j'inspectai de fond en comble la "pièce des collections", manœuvrant la porte à de nombreuses reprises, fermant et refermant à clé la serrure et fouillant dans tous les recoins de cette immense pièce. En fin d'après-midi, après ces heures de cogitation et d'agitation, je criai, tel Archimède au fond de son bain : Eurêka ! Je pensai bien avoir résolu l'énigme de la porte fermée de l'intérieur, avoir trouvé comment le vol avait été effectué, connaître le nom du voleur et plus encore ! La confrontation finale allait être décisive ! *(Je vous l'ai joué un peu frimeur ce coup-ci et peut-être que je m'emballe un peu vite mais il fallait bien que je trouve quelque chose à vous raconter avant la fin du livre qui arrive à grands pas !!)*

Je demandai à Tata de réunir Maître Tourloupe, Julien, Laetitia et Marthe pour le lendemain matin à dix heures.

— Tu as trouvé comment le voleur a fait ?

— Tu le sauras demain matin, sois patiente.

— Petit cachotier, maintenant j'ai hâte d'être à demain matin. Je donnerai les consignes à Marthe et Laetitia et j'appelle tout de suite Maître Tourloupe et Julien. Tu n'as pas besoin que je demande à Amédée et au jardinier de venir ?

— Non pas besoin.

(Avouez que cela vous intrigue. Je sais que certains d'entre vous ont peut-être trouvé la solution depuis longtemps. Pour les autres qui se sont laissé endormir par ce passionnant ou soporifique récit (rayez la mention inutile), soyez patients jusqu'à demain matin à 10h 00, ou tout au moins jusqu'au chapitre suivant)

Enfin le chapitre 13, celui qui porte chance.

"LE GRAND FINAL" MERCREDI

Ce matin, en passant devant la maison de la presse, je fus attiré par un gros titre qui barrait la première page de plusieurs journaux. Quel soulagement de voir s'étaler en gros caractères : "Arrestation du caïd de la pègre locale". J'achetai un exemplaire et ouvris le journal sur l'article. Il y avait une photo du vieux malfrat qui m'avait baffé, il était menotté les mains dans le dos et il faisait moins son dur à cuire que le soir de notre rencontre. À côté de lui, se tenant droit et fier, l'inspecteur Paul Hicier qui avait procédé à l'arrestation du gangster. Cette photo était suivie d'un article sur l'arrestation.

"Après une très longue et minutieuse enquête de l'inspecteur P. Hicier, aidé de toute son équipe de la B.A.C locale qui, après des mois d'efforts, de surveillances, de filatures et d'écoutes téléphoniques a surpris au petit matin le fameux malfaiteur, Andreas Padvertu, qui logeait dans la résidence d'un de ses amis. Celui qui narguait la police depuis des mois est maintenant en prison en attendant son procès. Le préfet de police a salué le dur et laborieux travail effectué par ses équipes et les a chaleureusement remerciées au nom de tous les habitants de notre région".

C'était une journée qui commençait bien, maintenant j'étais sûr d'être débarrassé de cette menace et je pouvais boucler définitivement et sereinement mon enquête.

En avance sur l'heure prévue, j'arrivai tout guilleret à "la Châtaigneraie", je me garai sur le côté du perron, fis sortir mon Léon qui était heureux de retrouver encore une fois la propriété, il faut dire que nous n'avions jamais tant mis les pieds ici que depuis le début de cette affaire. Je pris tout mon matériel dans mon coffre de voiture et sonnai à la porte. Laetitia vient m'ouvrir.

— Bonjour, Monsieur Gil. Madame m'a demandé de préparer la salle à manger pour la réunion que vous avez programmée et de vous y amener dès votre arrivée.

— Pas la peine de m'y conduire, je connais le chemin.

De son côté, Léon fila, comme à son habitude, gratter à la porte de la cuisine et fut introduit rapidement dans le sanctuaire culinaire.

Dans la salle à manger, Laetitia avait séparé la grande table habituelle en deux plus petites. Une avait été mise au fond et l'autre trônait au milieu entouré par sept chaises, trois de chaque côté et une au bout, qui présidait la table. À côté de la chaise qui m'était destinée, j'installai bien en évidence mon chevalet de conférence à feuilles et étant arrivé sciemment en avance, je préparai mon intervention.

À dix heures moins une, vérification faite à la pendule de la salle à manger, on sonna à la porte et je vis, par les portes grandes ouvertes de la salle à manger, Laetitia accueillir le notaire. Il fut salué par

Tata et Tonton qui l'attendait dans le hall et tous les trois arrivèrent dans la salle à manger. Après les salutations du notaire et les embrassades familiales, ils prirent tous les trois une place autour de la table.

Laetitia arriva, suivie de Marthe, chacune portait un plateau, café et boissons sur le premier, viennoiseries et petits gâteaux sur l'autre. Elles déposèrent leurs plateaux sur la table et proposèrent à chacun une boisson et une viennoiserie. Mon Léon fit son entrée à leur suite et s'allongea à mes côtés.

Tata prit la parole.

— Prenons notre temps pour savourer ces quelques gâteaux et boissons, Julien m'a appelé tout à l'heure pour me dire qu'il serait en retard de quelques minutes.

Puis se tournant vers Laetitia et Marthe :

— Asseyez-vous et profitez avec nous de ce que vous avez apporté.

Elles se regardèrent d'un air étonné puis s'assirent sans se faire prier et partagèrent ce petit déjeuner avec nous.

Un bon café bien chaud, quelques croissants et pains au chocolat accompagnèrent une discussion palpitante sur la météo, le réchauffement climatique, les nuits qui devenaient plus froides, le prix de l'essence, les grèves, les travaux sur la RN, les produits bio, le bruit des scooters zzzz zzzz ... Quand, au grand soulagement de cette assemblée somnolente, on sonna à la porte, Laetitia se leva et se précipita pour ouvrir à celui que nous attendions tous avec impatience.

Julien fit son entrée dans la salle à manger, salua tout le monde et prit la dernière chaise libre.

Tata, en maîtresse de cérémonie, prit la parole.

— Voilà, maintenant nous sommes au complet et s'adressant à Julien et au notaire, « je vous remercie d'avoir pu vous libérer rapidement pour cette réunion qui est importante pour moi », puis se tournant vers moi, « nous t'écoutons Gil ».

Je me levai, me plaçai à côté de mon chevalet et déglutis plusieurs fois, ma bouche étant sèche à cause du stress occasionné par la situation. C'est toujours difficile ce moment où tous les regards sont braqués sur moi et où je dois leur faire part de mes réflexions, mes découvertes, mes déductions et leur exposer mes conclusions. Et peut-être finir par accuser l'un d'eux. Ce n'était pas une tâche facile, croyez-moi.

Avant même d'avoir pu commencer ma phrase d'introduction *(pour tout vous dire, ne l'ayant pas préparée, j'étais en train de galérer lamentablement).*

Julien attaqua.

— Alors tu vas enfin nous dire comment ont fait les "monte-en-l'air" pour s'introduire dans la maison. C'est par la fenêtre ou par l'intérieur que le voleur a pu entrer et repartir sans que personne ne l'ait vu ?

Sa prise de parole intempestive me permit de sauter mon introduction et de me mettre tout de suite dans l'action.

— Pas exactement, j'ai écarté la première option devant l'impossibilité d'atteindre la fenêtre que nous avons trouvée ouverte en grimpant la façade, puisque les murs sont trop lisses et sortir par le même chemin en sautant, c'est trop dangereux. J'ai aussi éliminé l'idée qu'il soit passé par l'intérieur car c'était impossible de passer sans être vu par Laetitia qui était dans la salle à manger et qui voyait tous les passages dans le hall ou sans être vu par les jardiniers qui travaillaient juste devant la porte d'entrée.

Sans même avoir écouté mes explications, il poursuivit sa charge.

— Tu n'es donc pas d'accord avec les conclusions de la police ? Toi qui n'as commencé la profession de détective privé que depuis quelques mois, tu es déjà plus fort qu'eux et tu sais mieux résoudre les enquêtes que des professionnels ?

Cette attaque sur mes compétences me déstabilisa un peu. *(Beaucoup en fait)*

— Euh …

Tata intervient de sa voix forte :

— Julien, laisse parler Gil, tu feras tes commentaires plus tard.

Cela lui coupa le sifflet, elle poursuivit.

— Allez, Gil, il est temps de commencer ta démonstration.

Je repris un peu de prestance et je dévoilai la première page de mon chevalet où j'avais dessiné un tableau reproduisant celui fait sur mon ordinateur.

— J'ai noté sur ce tableau les heures de présence de chacun de vous dans l'après-midi du vol, dis-je.

— Mais il n'y a pas Jean-Michel ? commenta Laetitia.

— Pourquoi, il est encore passé vous voir ! dit Tata en se tournant vers Marthe.

Qui se défendit par un timide.

— ... Oui, mais juste quelques minutes.

— Pour vous demander de l'argent encore une fois, je parie. Je vous avais pourtant dit de ne plus lui en donner !

Marthe baissa la tête, je vins à son secours en reprenant la parole.

— Je n'ai pas mis Jean-Michel dans ce tableau car le laps de temps qu'il a passé ici ne lui permettait pas de monter à l'étage et de voler le tableau.

Maître Tourloupe qui avait été silencieux jusque-là demanda.

— Si j'ai bien compris, vous soupçonnez que c'est une des personnes listées sur votre tableau qui a commis le vol, c'est-à-dire une des personnes présentes dans cette pièce ?

— Oui Maître.

Cela l'ébranla, son visage s'empourpra et il s'essuya le front. Je continuai en lui faisant face.

— Pour votre part, vos ennuis d'argent sont un bon mobile.

— Quels ennuis d'argent ?

— J'ai malheureusement rencontré un de vos clients avec qui vous êtes en affaires et qui m'a expliqué qu'il vous avait confié des fonds pour l'achat d'un appartement, fonds qui ont disparu selon ses dires. Heureusement pour vous que cette même personne n'est plus une menace pour vous, c'était dans les journaux du matin.

Il n'était pas idiot et avait compris mon allusion, il se tassa sur son siège. Tout le monde avait les yeux braqués sur lui et principalement Tata qui lui lança un regard noir.

De grosses gouttes de sueur coulaient de nouveau de son front, il sortit son mouchoir, les épongea et en regardant Tata par en dessous, il bafouilla.

— Euh…. Je peux vous expliquer la situation.

— J'y compte bien ! lui lança Tata.

Je repris la parole.

— Je n'en doute pas, Maître, mais vous en discuterez avec ma tante plus tard, maintenant vous comprenez pourquoi vous êtes sur ma liste des suspects.

Il hocha la tête et se ratatina encore plus sur sa chaise. On aurait dit que le bonhomme de neige était en train de fondre au soleil.

Julien reprit la parole :

— Comment ça, nous sommes tes suspects ? Et avec véhémence « c'est complètement fou ton histoire, je fais partie de la famille et elles », en désignant Laetitia et Marthe, « elles travaillent depuis des années ici ! »

— Un suspect n'est pas automatiquement un coupable, le rassurai-je. « Laisse-moi continuer, s'il te plaît » et m'adressant à l'assemblée : « comme tout le monde, vous avez tous besoin ou envie d'avoir plus d'argent mais certains d'entre vous encore plus que les autres. Maître Tourloupe, dont je viens de parler en fait partie mais il y a aussi Marthe qui en a besoin pour "aider" financièrement son fils. »

Marthe devint toute rouge et baissa la tête, je continuai.

— Sans oublier Julien, pour éponger ses dettes de jeu.

— Tu as recommencé à jouer ? s'énerva Tata en le fusillant du regard.

— Je te remercie Gil de me mettre dans cette situation, persifle-t-il, « je nous croyais plus proches. »

C'est vrai que certaines vérités ne sont pas bonnes à dire, je ne me sentais pas très à l'aise mais je repris quand même.

— Je sais, je suis désolé. Il faut avouer que tu as besoin de te faire aider et c'est peut-être l'occasion. Il ne dit mot et se renfrogna sur son siège comme un enfant qui boude. « Bon, je reprends mes explications. Nous venons de voir que certains avaient rapidement besoin d'argent et donc une raison pour voler ce tableau. »

Je m'approchai de mon chevalet et pointai les plages horaires de mon tableau.

— Mais le plus important, c'est qu'au moment où Tata était dehors à discuter avec les jardiniers et que la "pièce des collections" avait sa porte ouverte, Maître Tourloupe, Marthe et Laetitia, ont eu l'opportunité d'aller dérober la peinture.

Devant leur air étonné, je précisai :

— Oui regardez bien mon tableau, quand Tata était dehors, vous étiez seuls et libres de vos allées et venues suffisamment longtemps pour vous introduire dans la pièce, décrocher le tableau et regagner votre place. Maître Tourloupe était dans le bureau, Marthe à la cuisine et Laetitia dans la salle à manger.

Dans l'assemblée, la tension était montée d'un cran.

— Sauf ... que c'était difficile de déambuler dans la maison sans être vu par Laetitia qui avait un œil sur le hall et qui faisait régulièrement des allers et retours de la salle à manger à la cuisine en ayant à chaque passage une vue sur le couloir en mezzanine de l'étage. Mais, pour elle aussi, ce n'était pas évident de monter à l'étage sans être vue par les autres qui pouvaient sortir à tous moments.

Un énorme soulagement apparut sur leur visage et Julien se redressa sur sa chaise.

— Ah ! Enfin, ton explication semble sensée cette fois-ci. Mais alors si ce ne sont pas les "monte-en-l'air" et si ce n'est pas l'un de nous, comment a disparu le tableau ?

— Mais je n'ai pas dit que ce n'était pas vous, en les balayant du doigt !

Ils se regardèrent tous d'un air surpris, je poursuivis.

— Pour avoir plus de liberté, il fallait qu'au moins deux personnes ici présentes s'allient.

— Ah ! s'étonna Tonton qui sortait de sa torpeur, mais qui ?

— Tout simplement Laetitia et Julien.

— N'importe quoi ! s'écria Julien.

— Mais ce n'est pas vrai, balbutia Laetitia.

Tata, interloquée, me demanda.

— Mais comment peux-tu dire ça ?

Je ne répondis pas et en la regardant, je lui dis :

— Tata, avant d'aller plus loin dans ma démonstration, je pense que nous pouvons libérer Maître Tourloupe et Marthe.

— Ah bon, tu es sûr de toi ! me répondit-elle d'un être surpris. Puis elle lut ma détermination dans mon regard et se reprit « Oui, d'accord, si tu penses que cela est nécessaire » et se tournant vers les autres : « Marthe, vous pouvez retourner en cuisine mais pour l'amour du ciel, arrêtez de donner de l'argent à votre fils. Plus vous lui en donnez, plus il va vous en réclamer, il faut arrêter ce cercle vicieux. Quant à vous, Maître, merci de vous êtes déplacé mais il faudra que nous ayons une discussion sérieuse la semaine prochaine ».

Marthe partit rejoindre rapidement sa cuisine et le notaire, toujours luisant de sueur, qui était passé du rouge écarlate au blanc éclatant, se leva péniblement. Cela lui demanda tellement d'efforts pour quitter son siège qu'on aurait dit qu'il avait pris dix ans et cent kilos d'un coup. Ma révélation devant ma tante de ses problèmes d'argent l'avait anéanti. Il nous salua d'un geste de tête et accompagné de Tata, quitta la salle à manger.

Je bus un verre d'eau en attendant le retour de la maîtresse de maison, les autres firent comme moi, la partie sérieuse allait commencer.

De retour dans la salle à manger, Tata me dit en reprenant sa dernière question.

— Mais Gil, pour quelles raisons insinues-tu qu'ils sont de connivence tous les deux ?

Je me tournai vers Julien et Laetitia.

— Vous cachez bien votre relation, mais il est temps d'avouer et de dire que régulièrement Julien passe la nuit chez Laetitia.

— Mais comment peux-tu affirmer ça ? me dit Julien d'une voix moins assurée.

— C'est tout simple, j'ai été intrigué du fait qu'il y avait des cendriers chez Laetitia et particulièrement dans la chambre à coucher alors qu'elle ne fume pas. En cherchant dans son sac poubelle, j'ai trouvé tes fameux mégots de cigarettes, je sortis de ma sacoche un petit sachet contenant lesdits mégots que je montrai à l'assistance.

— Cela ne prouve rien, je ne suis certainement pas le seul à fumer cette marque-là.

— Oui, mais tu es assurément l'un des très rares de la région à nous empester avec ces cigarettes si particulières. Mais je suis d'accord avec toi, tu n'es peut-être pas le seul dans le coin, cependant, je pense que si nous demandons à la police de faire une analyse ADN des mégots et en ajoutant celle des deux brosses à dents que j'ai vues dans l'armoire de toilette de Laetitia, il sera facile de prouver le lien qui vous unit.

Ils restèrent tous les deux sans voix.

Tata demanda à Julien.

— C'est vrai Julien que tu as une liaison avec Laetitia ?

Ils se regardèrent tous les deux et Laetitia prit la parole.

— Oui, c'est vrai, cela dure depuis quelques mois. Nous nous aimons et c'est normal de passer du temps ensemble dès que nous le pouvons.

— Oui bien sûr, la rassurai-je mais vous m'avez menti sur ce qui s'est passé durant l'après-midi du vol.

— Non, je ne vous ai pas menti, me dit-elle d'une voix timide et apeurée.

— Oh que si ! Julien est bien ressorti une seconde fois. Tonton perd un peu la tête mais il se rappelait bien que Julien était sorti une deuxième fois du salon télé.

Les larmes lui montèrent aux yeux. Julien se leva, alla derrière elle et lui mit les mains sur les épaules.

— Oui, je suis sorti une seconde fois pour de nouveau rejoindre Laetitia, où est le mal ?

— Le mal est que tu l'as forcée à t'aider pour commettre ce vol !

— N'importe quoi ! Ce n'est pas moi qui ai volé ce tableau. Et d'ailleurs, comment aurais-je su qu'il fallait voler celui-là en particulier ?

Tata prit de nouveau la parole.

— Oui c'est vrai, Julien a raison. Comment aurait-il su qu'il fallait voler ce tableau et pas un autre ?

— Souviens-toi. Tu m'as dit que Julien était passé lundi dans "la salle des collections" pour t'aider à déplacer un meuble et qu'il t'a montré à cette occasion comment utiliser ton smartphone pour prendre des photos.

— Oui je me souviens de t'en avoir parlé.

— Eh bien, c'est là qu'il a pu voir tous tes tableaux accrochés aux murs. Et jeudi après-midi, quand il est ressorti de la cuisine avec le plateau de son casse-croûte, c'est en traversant le hall qu'il a dû entendre ta discussion avec Amédée. Vous deviez comme d'habitude parler fort et il a pu parfaitement entendre l'estimation de ta nouvelle acquisition. Et le seul tableau dont vous deviez parler ne pouvait être que celui qu'il n'avait pas vu en début de semaine.

— D'accord, cela se tient mais cela n'explique pas comment et à quel moment il aurait pu le faire ? Il y a eu des allées et venues toute l'après-midi dans le hall !

— C'est vrai, mais comme je l'ai dit, seul, ce n'était pas possible et c'est pourquoi il avait besoin de Laetitia. Voilà comment je crois que cela s'est déroulé : la valeur du tableau annoncée par Amédée lui a certainement fait tourner la tête et je pense que l'idée de le voler lui est venue tout de suite. Mais comment pouvait-il faire ? Il fallait que tu t'éloignes suffisamment longtemps de la salle des collections pour qu'il agisse.

Je dévoilai une nouvelle feuille où j'avais grossièrement dessiné le plan de la maison et tout en continuant mon explication en direction de Tata, j'appuyai mes dires en traçant au feutre les chemins empruntés.

— Quand Julien fut de retour dans la salle de télé, Tonton et lui prirent leurs en-cas. Tonton m'a dit qu'après ça, il avait somnolé dans son fauteuil, comme il le fait si souvent.

— C'est bien vrai, me coupa Tonton qui était attentif pour une fois.

Je repris rapidement mon explication.

— Et Julien a cru qu'il pourrait sortir du salon sans que son grand-père s'en souvienne, c'est pour cela qu'il ne m'a pas parlé de cette deuxième escapade, lorsque je l'ai questionné. Il pensait qu'il avait l'alibi parfait. Après que Tonton se soit endormi dans son fauteuil, Julien a dû être attentif à ce qu'il se passait dans le hall pour saisir la moindre opportunité si elle se présentait et quand il t'a entendu sortir pour voir les jardiniers, il a su qu'il avait une possibilité d'aller voler le tableau. Il est alors sorti pour rejoindre de nouveau Laetitia dans la salle à manger. Il savait que sans elle, c'était impossible d'accéder au tableau sans être vu, il fallait absolument qu'elle soit de mèche avec lui pour que son plan fonctionne. Il a dû lui expliquer ce qu'il voulait faire et il a réussi à la persuader de l'aider.

Il n'y avait plus un bruit dans la pièce, ils m'écoutaient tous avec attention. Je poursuivis en regardant Tata.

— Ils sont alors montés à l'étage commettre leur forfait et ils ont eu la chance que pendant ce temps, ni Marthe ni le notaire ne soient sortis de la pièce où ils se trouvaient et que Jean-Michel soit vite retourné à la cuisine quand il n'a pas trouvé Laetitia. Et en plus, tous les deux avaient regagné leurs places initiales avant que tu ne rentres dans la maison après ta discussion avec les jardiniers.

Tata m'avait écouté attentivement, mais je ne la sentais pas encore convaincue.

— Pourquoi pas, mais comment ont-ils fait pour quitter la pièce par la fenêtre après avoir fermé à clé de l'intérieur puisque tu nous as dit que c'est quasiment impossible de le faire ? Et s'ils avaient réussi à le faire, comment rentrer de nouveau sans que je les voie puisque j'étais dehors avec les jardiniers ?

Malgré son âge, elle avait bien toute sa tête et en un instant, elle avait trouvé le principal problème de ma démonstration. Tous les quatre me regardèrent avec attention, c'était LA question à laquelle il fallait que je réponde. Quelle importance de trouver qui pouvait avoir volé le tableau si je ne pouvais démontrer comment il avait fait !

— Mais personne n'est pas sorti par la fenêtre !

Je rassemblai mes idées, repassai rapidement mon argumentaire dans ma tête et je me lançai dans l'explication finale.

— Julien a commis une énorme erreur qui m'a fait douter dès le début que le voleur venait de l'extérieur et c'est cette erreur qui m'a fait chercher une autre solution que celle qui paraissait évidente et qui était une duperie dans laquelle la police est tombée.

Et me tournant vers Julien :

— Pour nous faire croire que le voleur avait utilisé une fenêtre pour entrer et ressortir, tu en as ouvert une au hasard. Mais tu as ouvert la mauvaise ! La seule qu'il est impossible d'atteindre de l'extérieur et illusoire d'utiliser pour s'échapper.

— C'est vraiment n'importe quoi, si s'était moi comme tu le dis et que je ne suis pas sorti par la fenêtre, alors comment j'aurai fait pour sortir de la pièce puisque que tu as trouvé la porte fermée à clé de l'intérieur ? Raconte-le-nous, toi qui es si fort !

— A partir du moment où j'ai été persuadé que c'était toi qui avait volé le tableau avec l'aide de Laetitia, j'ai cherché comment tu t'y étais pris et il faut reconnaitre que même si la décision de voler ce tableau a été prise très rapidement et le temps d'élaborer un plan a été ridiculement court, la mise en œuvre a été somptueuse et d'une précision diabolique. Et c'est pour sortir de la pièce que tu t'es montré le plus malin… Tu as tout simplement utilisé ceci et je sortis de ma sacoche un sachet plastique contenant la fameuse fourchette à gâteaux trouvée derrière la porte.

Tonton s'écria.

— La fourchette à "gâteux" *(il faut bien que je justifie encore une fois le titre !)*

— Eh oui, la fameuse fourchette à gâteaux. C'est celle que Julien a prise sur le plateau des couverts que Laetitia était en train de ranger dans le vaisselier de la salle à manger et c'est cette petite fourchette qu'il a utilisée pour l'aider à fermer la porte à clé.

— Mais comment aurait-il fait ? demanda Tata.

(Attention, restez bien réveillés, nous arrivons à la partie technique)

— En premier, il a trouvé facilement un fil nylon dans le meuble à tiroirs dont il connaissait le contenu puisqu'il t'avait aidé à le déplacer en début de semaine. Fil de nylon qu'il a noué autour de la dent centrale de la petite fourchette.

J'en sortis une autre de ma poche que j'avais pris dans le vaisselier en arrivant avant tout le monde. Tel un magicien en représentation, je sortis de l'autre poche une fibre de nylon et je fis un nœud bien serré autour de la petite dent centrale et montra le résultat à l'assistance.

« Ensuite il a pris la clé qui était restée dans la serrure à l'extérieur. »

Je fouillai de nouveau dans une de mes poches pour y sortir le double de la clé de la porte de la "pièce des collections".

« Et il a passé le petit manche de la fourchette dans l'anneau de la clé. Regardez comme c'est facile de le faire » je répétai plusieurs fois la manœuvre afin que tout le monde puisse voir la facilité du mouvement.

(Puisque nous sommes entre nous, je garde la bonne habitude de vous faire un petit croquis pour vous aider à la compréhension de cette partie technique)

« Une fois fait, il a mis la clé dans la serrure à l'intérieur de la porte et tourné celle-ci d'un demi-tour pour que le pêne dépasse de quelques millimètres de la serrure sans pour autant gêner la fermeture de la porte. Ensuite, il a tendu le fil nylon pour bloquer la fourchette dans l'anneau, l'a passé sous la porte qu'il a ensuite fermée. Puis, d'un coup sec sur le fil nylon, en utilisant la petite fourchette comme un levier, il a fait faire à la clé son dernier demi-tour, permettant de positionner le pêne entièrement dans la gâche, fermant ainsi la porte à clé. La fourchette est tombée dernière la porte en glissant de l'anneau de la clé, il lui a suffi de tirer la fibre de nylon pour que celle-ci glisse de la dent et ainsi la récupérer. » *(La fibre de nylon, pas la dent, on n'est pas chez la petite souris !).*

Pour soutenir mes propos, je tirai sur le fil et le nœud glissa facilement de la dent.

« Et il a fait tout cela pendant que Laetitia devait surveiller les autres occupants de la maison pour le prévenir au besoin et trouver une excuse de leur présence dans le cas où ils seraient pris sur le fait »

Julien, toujours debout derrière Laetitia, s'énerva.

— Ce sont des sornettes, si cela était vrai, comment aurai-je fait pour sortir le tableau de la maison ? Rappelle-toi, j'ai passé l'après-midi avec grand-père, il aurait vu si j'étais revenu avec un tableau ou un paquet en main.

— C'est vrai Gil, je me souviens qu'il n'avait rien dans les mains quand il est revenu la deuxième fois, acquiesça Tonton.

Julien continua avec véhémence.

— Et même si je l'avais caché ailleurs en attendant, et l'avais repris avant de sortir, les jardiniers m'auraient vu avec quand je suis parti avec mon père !

— C'est vrai, c'était difficile pour toi de sortir de la maison avec le tableau. Pour Laetitia aussi, ce n'était pas facile de le sortir car je ne pense pas qu'elle aurait pris le risque que Marthe la voit portant un grand sac, en quittant la maison par la porte de service de la cuisine, comme elle le fait tous les jours.

Voulant ménager le suspense, je laissai passer quelques secondes. Ce qui eut le don d'énerver Tata.

— Mais allez Gil ! Poursuis donc ta démonstration et va jusqu'au bout sans t'interrompre tout le temps, dis-nous comment ils auraient réussi à sortir le tableau de la maison sans être vus !

Je repris plus rapidement que prévu, mon public n'appréciant pas mes efforts pour donner du piment à mon intervention.

— En réalité, ni l'un ni l'autre n'a sorti le tableau de la maison …

(Roulement de tambour… OK, c'est bruyant, mais vous êtes bien obligé de reconnaître que ça fait toujours son effet.)

Je soulevai toutes les feuilles de mon chevalet et découvris le tableau d'Odilon Redon et dis, triomphant.

— Puisqu'il est toujours resté dans la maison !

— Ah, mon tableau, c'est incroyable que tu l'aies retrouvé ! Mais où était-il ? s'écria Tata.

— Je présume que Julien, après l'avoir décroché, s'est rendu compte qu'il ne pouvait pas sortir de la pièce avec, c'était trop dangereux. Il savait que le notaire pouvait sortir du bureau, que Marthe pouvait quitter sa cuisine et pire que tu pouvais rentrer à tout moment et le croiser dans l'escalier ou dans le hall avec. Alors il a eu l'excellente idée de le cacher dans le seul endroit où nous n'aurions jamais dû aller le chercher. Il l'a caché au milieu des autres tableaux qui sont entassés au fond de ta pièce, c'est là que je l'ai difficilement retrouvé. Il aurait attendu un moment propice dans plusieurs jours ou plusieurs semaines pour le sortir de cette cachette, c'était vraiment bien réfléchi.

Julien se rebiffa.

— C'est une belle démonstration mais ce ne sont que des suppositions. Tu n'as aucune preuve de ce que tu avances !

— Mais si, et une belle en plus !

Tous ouvrirent de grands yeux et Julien resta bouche bée, s'attendant au pire.

Je leur montrai de nouveau la fourchette à gâteaux dans son sachet plastique que j'avais mis sur la table.

— Rappelez-vous, tous les couverts ont été passés au lave-vaisselle et quand ils sont ressortis du lavage il n'y avait aucune empreinte, c'est logique non ? Mais maintenant sur tous ces couverts, il doit y avoir les empreintes de Marthe et/ou de Laetitia, puisqu'elles sont les seules à les avoir manipulés après le lavage. Mais un seul de ces couverts a en plus les empreintes de Julien et c'est cette petite fourchette à gâteaux, celle que j'ai trouvée derrière la porte !

En me retournant vers Julien.

— Il suffit que je l'apporte à la police et ils les trouveront facilement. En ajoutant celles que tu as dû laisser sur le tableau et l'ADN sur les mégots de cigarettes et les brosses à dents, c'est sûr qu'ils viendront vous arrêter tous les deux et vous serez à coup sûr inculpés de vol.

Je le vis blanchir, Laetitia se mit à pleurer, ils se serrèrent l'un contre l'autre. Tata et Tonton étaient complètement atterrés.

Julien n'hésita pas longtemps.

— Tout est de ma faute, Laetitia n'a rien fait, elle m'a juste regardé, c'est moi qui ai eu l'idée quand j'ai entendu Amédée donner son estimation du nouveau tableau de grand-mère. Cela aurait permis de couvrir toutes mes dettes et d'aller jusqu'au bout de mon projet d'entreprise. J'en aurai eu encore assez pour démarrer une nouvelle vie en compagnie de Laetitia et lui payer le beau voyage dont elle rêve depuis longtemps.

— Oui je sais, ce voyage, vous y avez pensé très rapidement car vous avez tous les deux des catalogues de voyages à portée de main, toi dans ta voiture et Laetitia dans son appartement. Avec les cendriers dans son appartement, c'est ce qui m'a mis la puce à l'oreille sur votre connivence, pour moi cela faisait trop de coïncidences.

Julien regarda ses grands-parents avec des larmes dans les yeux.

— Je suis vraiment désolé grand-mère et, se retournant vers moi, "Gil, je t'ai sous-estimé, tu es vraiment meilleur détective que je ne le pensais." *(Ce n'est pas moi qui le dis … C'est que ça doit être vrai !)*.

J'appréciai le compliment de Julien. Cependant j'étais sincèrement désolé de ce dénouement et tous avaient la mine bien triste autour de la table. Bien sûr que j'avais la solution de cette énigme avant la con-frontation et je savais comment cela allait finir mais le fait de vivre le moment, ce n'était pas facile.

Je remballai mon chevalet et pris ma sacoche.

— Bon, je vous laisse régler cela en famille. Viens Léon, on y va. Au revoir tout le monde.

Tata se leva et m'accompagna à la porte d'entrée.

— Merci Gil, c'est douloureux, je te l'avoue mais je suis contente que cette histoire soit maintenant éclaircie. Je n'oublierai pas la promesse que je t'ai faite. Bien sûr, tu n'en parles à personne, cela doit rester dans la famille.

— Je resterai muet, tu peux me faire confiance.

— Je n'en doute pas, bonne journée et à bientôt. Elle me fit la bise en me serrant dans ses bras.

Léon et moi regagnâmes notre appartement avec un sentiment mitigé entre fierté d'avoir résolu cette affaire et tristesse de ce dénouement.

EPILOGUE

Quelques semaines plus tard, je reçus une lettre de Tata avec une petite carte de visite où était noté un simple "MERCI" et un chèque d'un montant mirobolant pour l'état habituel de mes finances. Tata avait été très généreuse, elle avait certainement très bien vendu son tableau. *(Désolé pour vous, mais maintenant j'ai les moyens et je vais pouvoir continuer à exercer ce métier passionnant de détective privé et vous raconter toutes mes enquêtes !)* Sa lettre était accompagnée d'un faire-part de mariage qui me conviait le mois suivant, au mariage de Julien et Laetitia à "la Châtaigneraie".

Le jour dit, on arriva à la fête, parés de nos plus beaux vêtements : costume trois-pièces et cravate pour moi, collier à paillettes pour Léon. Tata nous accueillit chaleureusement et elle me rappela derechef de ne parler à personne de notre "affaire".

Après la cérémonie, tous les invités se retrouvèrent autour du grand buffet qui avait été dressé dans le parc, il y avait un monde fou. Dès qu'ils me virent, Julien et Laetitia vinrent vers moi.

— Merci, Monsieur Gil, de ne pas nous avoir dénoncés à la police et elle me fit deux grosses bises.

Julien me serra dans ses bras.

— Merci, Gil, tu m'as évité de faire une très grosse bêtise, je m'en serai voulu toute ma vie et je pense même que Laetitia n'aurait finalement pas voulu m'épouser en commençant notre vie de couple à la "Bonnie and Clyde".

La journée fut merveilleuse et retrouver la famille et les cousins dans le parc de "la Châtaigne" fut un moment vraiment sympathique.

Dans la foule joyeuse, je reconnus facilement le notaire avec son éternel costume bleu froissé et sa tête luisante sous les spots lumineux de la grande tente qui avait été plantée et sous laquelle était dressé un grand buffet. Comme à son habitude, il suait à grosses gouttes et passait constamment son mouchoir sur son front. Il était au plus près du buffet en train d'engloutir tout ce qu'il pouvait attraper de ses doigts boudinés, confirmant ainsi qu'il n'était pas devenu gros en léchant les murs !

Je m'approchai de lui pour le saluer. Quand il me vit, il me fit un large sourire, il avait des canapés *(choisissez la définition qui convient : 1- long siège à dossier où plusieurs personnes peuvent s'asseoir ensemble. Ou, 2 -Tranche de pain sur laquelle on dispose une garniture.)* plein la bouche, qui essayaient manifestement de s'échapper de ce trou sans fond.

— Bonjour M. Trouver, me dit-il, sans pouvoir éviter que des morceaux de pain, de jambon, de pâté, de serviette en papier, de cornichons, de fromage, de saumon, de salade, de tomate, de crevettes, d'asperges, de saucisson et de noix jaillissent de sa bouche ouverte. Une bonne partie tapissa sa cravate et sa chemise et le reste fut projeté en avant.

Tel un matador, j'évitai d'un mouvement de rotation rapide et élégant, le jet de ses aliments prémâchés.

— Bonjour Maître. Vos soucis concernant l'achat de cet appartement avec votre dangereux client se sont solutionnés ?

— On ne peut mieux, j'ai mis de l'ordre dans mes affaires, maintenant pour moi tout est arrangé et avec les dernières informations que j'ai eues, je suis serein.

Cela je le savais, quelques jours avant, les journaux avaient relaté le procès et le verdict à l'encontre du gangster avait été sévère, il avait écopé de dix ans de prison et il était prévu qu'après avoir purgé sa peine en France, il serait remis à la justice de son pays où il avait aussi des comptes à rendre. Il allait être tranquille pour un sacré bout de temps.

Il poursuivit.

— Et je voulais vous présenter mes excuses pour ce qui s'est passé avec Monsieur Padvertu, ses acolytes m'ont raconté votre infortune, c'était une regrettable erreur de personne.

— Oui, c'était une belle erreur ! Mais c'est oublié maintenant. Avec ma tante, ça s'est arrangé aussi ?

— Oh ! elle a été dure avec moi et m'a demandé toutes les explications sur ce que vous aviez insinué lors de notre réunion. Elle a compris ma position et entendu ma défense. Dorénavant, tout est réglé entre nous et nous avons repris notre collaboration. Elle m'a dit que vous aviez fait des merveilles pour résoudre cette enquête, mais sans m'en dire plus …

Il pouvait toujours courir pour connaître le fin mot de cette histoire, il le comprit vite et poursuivit.

— Je me permettrai de vous contacter si j'ai besoin d'un détective privé et j'en parlerai autour de moi.

— Merci, un peu de publicité sera la bienvenue, je suis toujours à la recherche de nouveaux clients.

C'était prémonitoire. Deux jours après, je reçus un appel matinal, me proposant une nouvelle enquête.

Chers lecteurs, on fait comme d'habitude, je pars devant et on se retrouve là-bas !

Pour en savoir plus, guettez la sortie de la nouvelle enquête de Gil Trouver et de Léon : "Le verre solitaire".

FIN

« Comment, l'histoire est finie ? » me diront les plus attentifs. « Alors que nous n'avons pas rencontré la belle au bois dormant que vous nous avez promis dans le préambule ! »

J'ai bien conscience que certains ont lu cette histoire jusqu'au bout, juste pour la rencontrer. Mais, vous croyez encore aux contes de fées à votre âge ? Où pire, vous croyez aux messages publicitaires ? Ah, ah, ah (rire sarcastique !)

Mais ... vous la rencontrerez peut-être dans ma prochaine aventure, allez savoir !

TRADUCTION

Pour les lecteurs qui n'ont pas eu le courage de chercher la traduction de la conversation des deux geôliers ou qui n'ont pas reconnu la langue utilisée par ces petits garnements, la voici.

Le premier dit :

- Tu as de beaux cheveux et ça sent bon.

Et tout en se penchant vers l'autre :

- Quel shampoing utilises-tu ?

L'autre répondit :

- C'est un shampoing aux herbes !

Avouez que cela aurait été bête de louper ces paroles cruciales pour la compréhension de l'énigme ! Je ne vous fais pas l'affront de vous traduire "În sănătatea ta", juste quelques lignes avant cette passionnante discussion, ça vous l'avez compris par vous-même.

TABLEAU DES HORAIRES

Mince. Certains de vous y ont cru !

Désolé, mais raisonnablement je ne pouvais pas vous le donner, il n'y aurait plus eu de suspense en lisant ce tableau, c'eut été vraiment dommage. Retournez vite où vous vous êtes arrêtés.

Pour ceux qui commencent un livre par la fin :
(Oui, il y en a qui ont cette fâcheuse habitude !)

Le meurtre a été commis dans la cuisine par Mademoiselle Rose avec le poignard. Satisfaits ?

Maintenant, faites comme les autres et commencez par le début.

*

*   *